30年目の待ち合わせ

Nos rendez-vou
Éliette Abécassis

エリエット・アベカシス
齋藤可津子 訳
早川書房

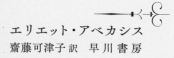

30年目の待ち合わせ

NOS RENDEZ-VOUS
by
Éliette Abécassis

Translated by
Katsuko Saito
First published 2021 in Japan by
Hayakawa Publishing, Inc.
This book is published in Japan by
direct arrangement with
Les Éditions Grasset & Fasquelle.

装幀／アルビレオ
装画／原 倫子

クレマンスに

1

ながい廊下だった。パリ、ソルボンヌ大学、視線のまじわり。ふたりはただ事務室のまえにならんでいた。たまたまいあわせたひととおしゃべりするなんの変哲もない光景。

地味な服、切りそろえた前髪、メガネ、目の下の縁《ふち》にアイラインを引いた彼女は、思春期をぬけだし、大学正面玄関まえの階段からも一直線にぬけだしてきたところで、赤と黒の服に巨大な帽子で顔が隠れた親友クララほか三名と一緒、みんなソルボンヌの学生だった。同じ人生観をもち、広いアパルトマンをシェアし、ほかの同居人にはギリシア語かクロアチア語かスイス・ドイツ語かさだかでない言葉を話すひともいて、何か月も一緒に暮らしながら、どこの出身でなにをしているのか誰も知らなかった。カルティエ・ラタンにあるアパルトマンはどこか不法占拠地のようで、おとなしめに酒の入ったパーティをし、夜は鶏の亡骸《なきがら》や飲み残しの瓶、または食べ残しの鶏に空き瓶がころがっていた。五人はSOS人種差別《レイシズム》の運動で知りあった。ドゥヴァケ法案（一九八六年に当時の高等教育相ドゥヴァケが提案した大学入学選抜の導入案）の反対デモで命を落としたマリク・ウスキヌの追悼行進に参加し、夕方みんなでビラをくばり、なんのためにかよくわからなくても、せめてよりよい社会をつくりたいという渇きをいやすため運動していた。

彼はサン＝ジェルマン街から通学し、白いシャツにヴェスト、丸メガネに巻き毛がなんとなくダンディでパリジャンっぽい経済学部の学生だった。礼儀正しく内気で、ミッテランの大統領再選におおよろこびした社会主義者だった。かたわらにいたのは親友シャルル、コルシカ島出身で陰気な雰囲気、しぶい顔してにやりと笑う。講義で知りあい、一緒に反極右運動をしていた。

登録手続きのあと、学生たちはソルボンヌ広場に移動しコーヒーを飲んだ。いまやっ

ているこ と、挑戦したいこと、あれこれおしゃべりをつづけた。話すうちに自己紹介になった。彼女はアメリ、彼はヴァンサン。彼女はノルマンディー地方出身、文学部の学生で教職をめざしていた。褐色の髪、アイラインを引いた目は生まれて初めて見るように世界にひらかれ、きゃしゃでほっそりして、はにかんだ笑顔がまだあどけなく、大人の女性らしくなかった。彼が電話番号を教えてくれるか、電話してくれるか、自分がいいと思っているように、好感をもたれているか自問していた。そぶりに出したほうがいいのか、それとも隠し、みじんもあらわさないほうがいいのか。自分の外見はそこそこいけているのか、それとも、おおきい鼻、突きでた頬、髪型、女らしくない物腰とかがいただけないと思われているのか。彼の話し方、目にかかる前髪、落ちつき、端正な顔、視線のつよさ、あたたかく深みがあるのに押しつけがましくない繊細な声にこころを動かされていた。個性的だが柔和で、礼儀正しく育ちのよさをうかがわせ、ちょっとよそよそしいけれど感じがよかった。どこか気まぐれで、甘い情熱に浮かされているみたい。ときどきうわの空になる夢想家の趣味人。音楽、とくにピアノをやっていて、それがなにより好きだという。

それからみんなで観光客よろしくパリをそぞろ歩いた。橋をわたってサン＝ルイ島で夕日に映えるセーヌ河を眺め、河岸にすわって人生について語りあった。グループのなかでヴァンサンはこころを動かされていた。目のまえのひとに。なんて不思議で内気で魅力的。あどけなさそうでいて小悪魔のよう。気になるひと、思慮深く教養があって理解してくれそう、話ができそうなひとに出会ったと思っていた。かわいくて変わっていて、都会で途方に暮れたみたいにちょっと寂しげだった。好意をもってくれるなんて、ありえるだろうか？　簡単にひとを寄せつけなさそうだった。とはいえ彼女はそこに、すぐそばにいて一緒に話していた。

地味な彼女はなにを着ても、なにをしても、なにを言っても気おくれし、話をしても内気さと自信のなさのため、よくどぎまぎした。母に言われていた。「その容姿じゃ頭で勝負しないと」。ひょっとして彼の気を惹けてる？　そんな自信はなかった。かっこよくて左頬の傷あとが映画『アンジェリク』のヒーロー、ロベール・オッセンをほうふつとさせる、あの匂い立つような色男！　聖人君子みたいな雰囲気、そして見つめられるとその場にかたまってしまうまなざし。目からも、深くてくすぐるような声からも魅力がにじみでていて、その声で彼女はなにをしているか訊かれた。大学で勉強していること、家庭教師で生活費を稼いでいること、時間があれば文章を書いていること、油絵や彫刻、芸術が好きで、リュクサンブール公園でウォークマンを聞きながら走っている、としどろもどろで話す。で、あなたはパリのひと？　モンマルトル出身、丘とブドウ畑、おおきなアパルトマン、商店経営の両親は、僕がやりたいこと、好きなこと、音楽がぜんぜんわかってない。子供のころピアノの先生が近所に住んでいて、パリ十七区の国立高等音楽院《コンセルヴァトワール》で教えていて、それでピアノに夢中になった。

片田舎で厳格にしつけられた彼女は、かたい生活を送っていた。校長の父は遊びに出してくれなかった。中高生のころは、バーや友人宅でひらかれるダンスパーティ「ブーム」——両親は自分たちがなじんでいたわけでもない六〇年代初頭の若者文化《イエイエ》由来の言葉「スーパーブーム」と呼んでいた——に行くのも、異性を家に招くのも、許されていなかった。一九六八年生まれなのに女性解放など自分には起こらず、実家にも無縁のことだった。シモーヌ・ド・ボーヴォワールを愛読し、模範、理想とし、いつか自立して生きようと誓っていた。読書にふけって現実から逃避し、擬似世界に住んでいた。

さて、その夕方は早くも夏のけだるさが街にただよい、気持ちのいい陽気だった。カフェがならぶ河岸通りをたくさんのひとがのんびり歩いていた。老若男女に恋人たち。ベンチにすわるカップル。マレ地区へつづく通りはにぎわい、パン屋やレストランが歩道にはみだしてファラフェルやシャワルマを売っていた。

そして、ほかのみんなが帰ろうと腰をあげたとき彼に、コーヒー飲まない、と誘われた。いいよ。時間ならたっぷりあった。しばらく橋のうえで立ち話をしたあとぶらぶらしてセーヌ河岸の古本屋台で足をとめた。恋愛小説からスリラー小説、大衆小説にメロドラマ、オムニバスに息づまる小説、新作旧作に近未来小説、実用書にエッセイ集、哲学に心理学、歴史でも物語でも詩集さえ、二束三文で売られていた。

あのころはみんなが本を読んでいた。メトロでも通りでも、ビーチでもベッドでも、浴室や台所でも、本をたずさえて公園、庭園、プール、待合室へ行き、バス、列車、飛行機に乗り、ひじかけ椅子やソファで、サロンやホテル、カフェやバーで、都会でも田舎でも、夏も冬も、昼も夜も、眠るまえにも起きぬけにも、食べながら、お茶かワインを飲みながら、日暮れどき、暖炉のそばでぬくぬくと、読書をしていた。いつでもどこでも人生のどんな時期にも読書をし、新しい物語を話題にし、現実から逃避あるいはそれを強烈に体験し、人間を理解あるいは嫌悪し、またはたんに時間をやりすごしていた。アメリは毎週金曜夜放送の「アポストロフ」を観ていた。司会のベルナール・ピヴォはまじりっけなしの情熱で作家たちに質問を浴びせていた。ロラン・バルト、フランソワーズ・サガン、アルベール・コーエン、トリュフォー、ジャンケレヴィッチ、ル＝ロワ＝ラデュリやデュビー。ネクタイをしていないのはベ《B》ルナール＝ア《H》ンリ・レ《L》ヴィだけだった。ヴァンサンが好きなのは「シャルリー・エブド」「ミニュット」「アラキリ」をめぐって、立ちこめる煙のなか討論するミシェル・ポラックとか、「クソッ」と毒づくサングラス姿のセルジュ・ゲンズブール、陸上界出身の議員ギー・ドルーに向かってスポーツ選手の知性について論じ立てるピエール・デプロージュだった。

　好きな本が話題になり、どんな作家を読んでいるか訊きあった。ちょうどもっていた本をプレゼントしあった。彼女からはアルベール・コーエンの『選ばれた女』の初版、彼はリルケの『若き詩人への手紙』。前者がいいのは、情熱が真の愛ではないころと夢中で愛しあっていた登場人物たちが南仏の別荘で倦怠《けんたい》を感じるくだり。後者がいいのはこう書いてあるから――〝愛する者にとって、愛とは人生の沖合に出るまでずっと、強度と深さをいやます孤独でしかない〟。そしてふたりは見つめあった。帰るころあいだった。すると、グラン＝ゾーギュスタン河岸でビールを一杯おごると彼に言われた。その一杯が夕食となり、そのあともう一杯ビールを飲もうということになったが、遅くてどこも閉まっていた。朝まで開いているカピュシーヌ大通りのカフェ・デ・カピュシーヌまで歩いた。さらに話した。語りあった。両親、願望、あこがれ、友人について。お気に入りの映画は『愛と哀しみの果て』『マラソンマン』『バリー・リンドン』、音楽ならビートルズ、クイーン、ショパン。

　夜が深まり飲み物はアルコールからコーヒーになり、いくらか秘密も打ち明けた。子供のころから父に殴られ、父より頭ひとつおおきくなったある日、すごんでやったら殴られなくなった、とか。彼女の両親はけんかが絶えず、皿を投げつけあうほどでもいっこうに別れようとしない、とか。ふたりとも両親を満足させるためだけに父親の支配のもとで育てられたんだ、とか。だが彼女の望みは自由になって誰にもたよらず生きることだった。彼はおとなしく従っていた。だって父から生活費と学費をもらって、働かないですんでいるから。深夜零時を過ぎ、彼は入院中の二十七歳の兄の話をはじめた。ＨＩＶに感染したひとは彼女のまわりにも何人かいたし、友だちの友だちはパートナーに陽性を明かされ、自分も検査を待っているところだった。

「よくつきそうの？」

「毎日、見舞いに行く。強烈で疲れる」

「お兄さんはどう？」

「これまでの生活を話すんだ。秘密の生活、両親は知らない生活。打ち明けられる。病気のまえはしなかったような話。こんなに兄と近くなったことはない、ある意味、兄のことがわかってなかったって気づいた」

「大変そう」

「僕にできることをしてる」

「ほかにきょうだいは？」

「いない。ふたりだけ」

「じゃ、お兄さんにはあなたしかいない？」

「友だちがたくさんいて見舞いに来てくれる、幸いね。きみは？」

「三人姉妹。わたしは真んなか」

「微妙なポジション」

「ほんと、居場所がない。よけい者って感じ。みにくいアヒルの子。そう母に言われてるし」

「なんて言われるの？」

「きれいじゃない、って」

「きれいだよ」

「そう思う？」

「うん」目を見つめながらそう言った。

ふたりはカフェの赤いボックス席でマホガニーのテーブルに手をおいて向かいあっ

ていた。内装は派手なアールヌーヴォーで玉虫色に輝き、深紅のフロアスタンドとベルエポック調のステンドグラス、カーテンに縁どられたおおきな窓の外の通りはがらんとしていた。一瞬、間があいた。ここで彼女の手を取っても、手を握るだけでも顔を両手でつつんでも、そしてキスするか頬にふれてじっと見つめてもよかった。彼女はうつむいたりせず目を見てほほ笑みかえしたはずだった。席を立って彼のとなりにすわりたい気もした。そうしたらあっさり腕に抱かれ、その胸に顔をうずめていただろう。ひょっとして、たったひとつのフレーズか言葉、たとえば〝ウイ〟のひと言で口づけし、すべてが一変していただろう。だが、なにげないふるまいが取りかえしのつかないことになるという気づかいか畏《おそ》れ、自尊心か思い込み、無頓着か意識のしすぎのために、いやがうえにもながくなる沈黙をさすがに破らなければならなかった。

「好きに選べたら、なにをしてたと思う？」と彼女は口をひらいた。

「ピアノ」

「じゃ、どうして経済学部なの？」

「父が反対なんだ。オーケストラにピアノは一台しかない、つぶしがきかないって」

「うまいの？」

「近くのコンセルヴァトワールに行ってた、モンマルトルの」

「そのまま音楽の勉強をつづけてたかも？」

「たぶん。どのみち、父にとってはありえない」

「なんか、怖がってない？」

「まえはね……。いまは、ぜんぜん。きみは……なにが怖い？」

「二〇〇〇年。怖くない？」

「なんで怖い？　決まりきったことじゃないか」

「一〇〇〇年代の終わりよ。わたしは不安。先がわからない。世界が終わるんじゃないかって気がして」

「そりゃあいい」と彼。「変化は好きだ。わからないのはわくわくする」

「ベルネの実家にいたときは、早くパリに来たくてしかたなかった」

「パリは好き？」

「大好き。ここでは楽に呼吸できる。ベルネでは息がつまってた。地方ってそういうとこなの。SOSではいろんな地域でミーティングやデモをやってる」

「僕は高校生デモに参加したよ、マリク・ウスキヌが殺されたとき」

「わたしも！　すれちがってたかも。いまも政治活動してる？」

「社会党に入ってる」

「なんで？」

「入らない理由がある？　フランソワ・ミッテランが回想録で書いてたけど、人生は柔道のようなもの。負けてても、ちょっとした動きでたちまち形勢逆転、優位に立つ。それが政治」

「でも人生は、そうじゃないよ」

「ちがう？　じゃ、なに？」

「すこしずつ、誰も気づかないうちにすべてが変化していく。いつの間にかまわりを取りかこまれ圧倒されて従うほかない。そして、打つべき手はあまりない」

「誰か好きになったことある？」

「うん、哲学の先生！　夢中で話を聞いてた。それで文学を勉強したくなった。あなたは？」

「年上のひとだった。十六のころ」

「相手はいくつ？」

「いま四十」

「すごい年の差。別れたの？」

「ながつづきしないって、お互いわかってた」

「彼女もピアニスト？」

「どうしてわかった？」

「だって……当然でしょ。情熱を共有してたんだから」

「たしかに……変だな、きみのことよく知らないのに、こんな話、誰にもしたことない……。ピアノの先生でコンセルヴァトワールで教えてた。父が猛反対で、別れろって」

「で、言われたとおり別れた？」

「うん。あのひとにも危険なゲームだった」

「結婚してた？」

「うん、子供がいた」

「赤い糸ね」

「そういうの信じる？」

「もちろん」

「大恋愛も？」

「うん。信じないの？」

「わからない。きみ、いくつ？」

ふたりは二十歳だった。二十歳でしかなかった。そしてまさにそこ、夜明けのカフェ・デ・カピュシーヌからふたりの関係ははじまるはずだった。というのも、また会って一杯飲み、また一杯飲んで惹かれあい、それを口にし、そのあとキスしていたはずで、映画館かレストランに行って、河岸でキスし、用もないのに電話をしあっていたはずで、ある夕暮れか夜、ひょっとしたら明け方に、際限なく抱きしめキスしたあげく結ばれて、愛しあい、愛していると口に出していたはずで、口に出して数日か数か月、あるいは数年後に、ベルネかモンマルトルの役所で両家の親族が神妙に見守るなか、白いドレスに白いブーケで結婚していたはずで、そしておそらく子供がひとりかふたり、あるいは三人生まれ、初めてこっちを見たとか、初めてなにか言ったとか、初めてのひとり歩きに一喜一憂しては写真に撮ってアルバムにし、ヴァカンスに海へ行き、砂のお城をつくり、ちいさいうちは公園へ、おおきくなれば学校へ連れて行き、誕生日を祝い、子供はやがて成長し、学生になって家を出ていたはずで、両親が出会った場所、両親がいまだに足を運び若い日に思いをはせ、現時点では廊下にならんで視線と運命が交差したソルボンヌ大学に、いつか入学していたはずだったのに。

ところが、そんなことはぜんぜん、まったく起こらなかった。

2

ヴァンサンは遅れないよう足を速めた。いつも待ち合わせは時間厳守、というか早めにつくのが習慣で、ソルボンヌ広場のカフェについてポケットに手を入れ、取りだした懐中時計は古びて文字盤にひびがあるとはいえ、曾祖父から祖父が譲りうけ、祖父から父、父から聖体拝領《コミュニオン》のときに贈られて以来、たいせつにしているものだった。ピアノをとおして音楽が好きになったのは祖父の影響で、才能があるからコンセルヴァトワールでレッスンを受けさせるよう、しぶる父を説得してくれたのも祖父だった。音楽をこよなく愛し、よくピアノを弾いていた祖父。懐中時計はお守りのように肌身はなさず、過ぎゆく時間をはかっていた。

十分まえについた。大事な待ち合わせだった。会いたかった。彼女のなにかに惹かれていた。若い男が広場でヴァイオリンを弾きはじめた。うっとりするフォーレの曲に耳をかたむけるうち思いは思春期の迷宮をさまよっていた。ピアニストの隣人からひととおり手ほどきを受け、コンセルヴァトワールに入学し、音楽理論《ソルフェージュ》とピアノと歌のレッスンにかよった。検定試験、コンクール、猛練習。完璧に弾けるまでひとつの小節を千五百回練習した。この世界ではミスもごまかしも許されないから。修了証書と最優秀賞。みんなが励ましてくれた。父は別として。

すべてなげうってもよかった。街も人生も魂も。全身全霊をささげてもよかった。夜も昼も、夕方も朝も。身もこころもよろこんでさしだしていただろう。ともにあるだけで満ち足り憂いは吹きとんだ。横暴な父、あきらめてひっそり耐えるやつれた母。逃避し、家出せずにすんだのは慰められていたから。けれど相手は気むずかしく、そう簡単に身をゆだねてはくれなかった。こころをつかむため毎日かたときも気をぬけなかった。報いてくれたり、つれなくされたり、豹変し手をすりぬけていったり、浮気も落ち度も許さず一途につくすことを要求され、なにより人生をささげるようもとめられた。実際、ヴァンサンがこの世でいちばん愛していたのは音楽だった。この道に飛び込みたかったが父はそうさせてくれなかった。オーケストラにピアニストが何人いる？　音楽は道楽。おまえに必要なのはまじめな職だ。だから大学の「まじめな」学部への進学を受けいれ、兄の病という悲劇に見舞われていた両親をよろこばせ誇りに思ってもらおうとした。

ベンチに腰をおろし、しばし物思いにふけった。ヴァンサン。ヴァンサン・ブリュネル。変えられるものなら変えたかった。名前は一生ついてまわるもの。凡庸な名前のせいで生まじめな管理職のイメージがはりつけられていた。だが、そんなイメージは不本意だった。旅に出たいと思っていた。異国を夢見ていた。もうパリでは飽き足らなかった。パリ中をくまなく歩き、すみずみまで知りつくしていた。しばらく遠くへ行ってもどってくると新鮮に見えるパリが好きだったが、訣別し、はるか遠くで暮らしたかった。もちろん、いまの状況では考えられない。また懐中時計に目をやった。十七時五分。まったく、なにしてるんだ？　遅刻は嫌いだった。

あのアメリという子。夜どおし誰かとおしゃべりするなんて初めてだった。また話したかった。風変わりで、小首をかしげて耳をすますように話を聞いてくれた。自分のことを洗いざらい、のぼせた青くさい初恋のことまで話したが、彼女のことはろくに知らなかった。おとなしくてひかえめで繊細だった。僕よりも内気。あの晩、手を握るべきだった。それに、そっけなく別れてしまった。度胸がなかった。帰宅後、もらった本をひらくと名前「アメリ」と電話番号がメモしてあって驚いた。頬がゆるんだ。同じことを考えてたんだ。彼女もいまごろプレゼントしたリルケの見返しに僕の名前と電話番号を見つけているはず。電話をかけ、また会おうと誘い、いいよ、と返事がかえってきた。待ち合わせは十七時で、大丈夫。じゃ、ソルボンヌ広場のカフェで。彼女が時間をまちがえた？　勘ちがい？　立ちあがってすこし歩き、そわそわしていると思われないよう落ちつこうとしたが、ふと、彼女が来なかったら、と思うといても立ってもいられなくなった。音楽に耳をかたむけた。ヴァイオリン弾きはうまかった。フォーレのうっとりするようなソナタ「夢のあとに」を弾きはじめた。

待ち合わせに彼女は来ない。忘れちゃったのか？　待ち合わせの約束なんて、はじめからなかったのか？　夢でも見てたのか？　でも、電話番号も本も現にある。公衆電話が目に入り、小銭を出して電話をかけた。呼び出し音を十回は鳴らしたあとで、受話器をおいた。たぶん、そんなに意識されてなかったんだ。よく冷淡だと言われた。実際、よそよそしくてひとを気まずくさせることがあった。これは自分自身との待ち合わせだったのか？　もうちょっとねばって、電話をかけなおそうか、それとも帰る？

　ずいぶんながいこと――一時間近く――待ったあげく、なにもわからなくなっていた。ベンチから腰をあげ、ゆっくりその場をはなれた。サン＝ミシェル大通りの角に彼が姿を消した瞬間、地味なワンピース姿の女が息を切らしへとへとになって広場に駆け込んできた。驚きとどんでん返しに満ちた広場、残酷野蛮な人生劇場、予想もつかない小説よりも奇なる筋書きに支配されたこの劇場に。なぜならアメリの大学入学《バカロ》資格試験《レア》のフランス語に出題されたギー・ド・モーパッサンの『ピエールとジャン』の序文にあったとおり、真実とは真実らしからぬものだから。彼女が広場についたとき、ヴァンサンはずんずん遠ざかっていた。がっかりしていたが落ち込んではいなかった。翌日、友人たちと列車と自転車のヨーロッパ旅行に出発することになっていた。何か月もまえから綿密に計画を練っていたヴァカンス旅行。スイス、イタリア、ギリシャをめぐってエジプトまで！　ほんとに、ぜんぜん、こんなのめげるほどのことじゃなかった。

3

受話器があって番号を押すとボタンがカチャカチャ鳴る灰色の電話機。最初は素早く、あとのほうはゆっくり押した。まちがえたら、はじめからやりなおしだ。電話が来るたびけたたましい音がして駆けつけた。

電話機はアメリの部屋のベッドのそばにあった。おおぜいでシェアしていたアパルトマンでは各自が電話をもっていた。だって、なにがイラつくといって、受話器を肩と頬にはさんでのながら話ほどイラつくものはなかったから。

アメリは受話器を取るのに一秒よけいにためらった――母？――でも、ヴァンサンだったら？　で、キャンセルしたいと言われたら……。会いたくて、そんな危険はおかしたくなかった。

鬱屈した思いにとらわれ雁字《がんじ》がらめになって、どうあがいても起きあがれなかった。ベッドに倒れ、金縛りにあったみたいに受話器に手をのばすこともできなかった。どうしてもふりはらえないなにかがのしかかり襟首をつかまれ、身動きできなかった。がっちり押さえつけられ耳もとでささやかれているみたいだった――この部屋を出はしない。女の一生は送らない。自己実現するなら刻苦勉励あるのみ。愛し愛されるよろこびなんて無縁のこと。ふりはらいたかったけれど、ぜんぜんどうにもならなかった。それは鎖のようで、ベッドに縛りつけられていた。

部屋からはパリの街が見おろせた。屋根の傾斜、スレート瓦、灰色のグラデーションが夏の太陽に輝き、よく眺めてはここにいることの幸せを、たとえ生活は厳しく、ひとは辛辣で、空がたいがい曇りでも、約束の地にいる幸せをかみしめていた。パリに魅了され、おびえてもいた。両親と初めて来たときは夢のようだった。十二歳にとって首都はなんと胸躍るところか！　ポンピドゥーセンター、ルーヴル美術館を見学し、古本屋台のならぶセーヌ河岸を歩いた。そのとき感じたのだ、この街はわたしの街、しっくりくる街、いつかここに住もう。ベッドに机、ポスターはロベール・ドアノーの有名な写真「キス」、共同浴室。ひとりでもがんばった。金欠のときは食事をぬいて倹約し、勉強に励んだ。もちまえの生活力で障害をのりこえ、ついに故郷の街と生活をはなれ、パリで文学部の学生になった。故郷のベルネはちいさな街で、一歩外へ出れば人目があって、向かいの商店にちょっと買い物に行くことしかできなかった。ちいさいころは友だちと会うとき、約束があるのか父が先方に電話で確認した。高校生になると、やることなすことといちいち監視された。要するに、いまだ一九八六年版恐怖政治のもとにあり、読書と音楽のほかに逃げ場がなかった。バーブラ・ストライサンドの「ウーマン・イン・ラヴ」、スコーピオンズの「スティル・ラヴィング・ユー」、ジルベール・モンタニエの「愛しあおう」の時代だった。ヘッドフォンが登場し、ラジオのカセット録音、VHSの映画、前後に二輪ずつついたローラースケートの時代だった。『フェーム』『フラッシュダンス』『ダーティ・ダンシング』……。テレビドラマ「奥様は魔女」「刑事スタスキー&ハッチ」や「私立探偵マグナム」は毎週日曜のお楽しみ、アンヌ・サンクレールにみんなが夢中だった。ブームとコンサート、映画『ラ・ブーム』とスキャンダラスな『ナインハーフ』に戦慄した時代。

電話のベルがやんだ。足音がして、クララがノックし入ってきた。スウェットパンツの足もとにまとわりつく犬が、おおはしゃぎで狂ったように部屋を駆けまわった。

「ジョギング行かない?」

「待ち合わせがあるの」とアメリは言った。

「誰と?」

「ほら、このまえ大学で知りあったひと」

「やったじゃない! なにぐずぐずしてんの? ここに来て初めてのデートでしょ」

「なに着ていいかわからない」

「赤いドレス貸す?」

クララのとっぴなドレスを着た自分を想像した、ぴちぴちでデコルテのおおきなロングドレスは現実ばなれして、コンプレックスのかたまりの女子学生の現実からもかけはなれていた。

「いいよ。ジーンズはくから。遅れてるの」

「じゃ、急ぎなよ」

クララにせかされ、ようやく起きあがってパンツとTシャツを身につけ、考えなおして花柄のサマードレスを着、鏡を見て、ぐずぐずとフレアースカートに花柄のトップスを試したあげく、黒いワンピースで歩道に踏みだした瞬間、世界がぐるぐるまわりだした。まぼろしの竜巻に眩暈《めまい》がし、不安に胸をしめつけられて駆けだし、通行人をよけながらサン＝ミシェル大通りを突っ走って遅れを取りもどそうとした。遅かった。にぎわう広場にヴァンサンの姿はなかった。ベンチにすわってヴァイオリン弾きがそばで奏でる調べに、ぼんやり沈んだ気分で耳をかたむけていたが、彼と再会するまで十年待つことになろうとは夢にも思わなかった。

4

運命の一九九九年大晦日、二十二時三十分、バスティーユのとあるアパルトマンで、立ちこめる煙のなか雑多な集団がトリップ・ホップのサウンドトラックについて議論していた。アパルトマンのあるじの若い流行作家も客の多くも大麻《ハシッシュ》を吸っていた。一〇〇〇年代と旧世界にピリオドを打とうという趣向。プラスティックのコップにウイスキーボトル、紙ナプキンに出されたポテトチップスが学生の飲み会をほうふつとさせた。BGMはルイーズ・アタックにマッシヴ・アタック、ボトルがまわされるウイスキーに本格的にアタックしだす者もいた。顔ぶれは化粧っけのない若い女やシャツにジーンズの青年、編集者、ミュージシャン、それに役者が何人か。雑多な寄せあつめのパーティはどこか精彩に欠けはしゃぐ者もなく、義務的にしかたなくほとんど機械的に、千年にいちどの瞬間だけになおさら所在なくそこにいるみたいだった。

アメリはパリの高校の文学教師で、モンターニュ・サント＝ジュヌヴィエーヴのエレヴェータなし物件最上階のちいさなワンルームに住み、実家からは徐々に足が遠のいていた。学業の重圧から解放され、帰省するとつよいストレスに襲われた。ベルネ駅のホームに降り立つたび、旧世界にタイムスリップしたような気がした。数泊だけして、姉妹のひとりはニューヨーク、ひとりは遁走《とんそう》していなくなったあとひっそり暮らす両親に顔を見せた。

パーティには気のりしないまま、親友クララとおそろしく古い白のおんぼろフィアットで来た。ごったがえした車のなかには衣類に思い出、やたらおおきな犬もいた。路上で絶叫しているところをクララに拾われ、死んだ犬のあと釜におさまった。出かけようとすると棄てられると思うのか猛烈に吠え立てるので、どこへ行くにも連れて行かざるをえなかった。

ふたりとも帽子に黒いドレス、丸いサングラスは六〇年代ファッションに凝っていたクララの思いつき。アメリのスタイルは変化していた。褐色の髪に明るい瞳、ひかえめなほほ笑みをたたえる彼女は洗練され、足もとはヒールですらりと見せ、切りそろえていた前髪はのばし、ながい髪とあどけない笑みだけが変わらなかった。パーティにつくと気おくれのような、生来の内気さから来る不安をおぼえていて、外見は若い女性でも少女がひそんでいるようだった。むかし、クラスのみんなのまえで男の子に、ヘンな髪型、と言われたことがある。恥ずかしくていたたまれず真っ赤になった。この手の思春期の傷は水に流せない。焼きごてのようにあとを残し一生びくびくすることになる。笑い者にならないか、場ちがいな恰好をしていないか、非常識ではないか、頭が悪く見えないか……。いつも気おくれし、ブームに行く度胸もなく、誘われも踊れもせず、すみっこでこそこそして無理に愛想のいい顔をつくる女の子。だとしても、三十にもなってひとりぼっちで物欲しげに招待客を眺めているなんて！　大学で知りあった同じ文学部の無口な学生に、別れを切りだせないまま三年もつきあっていたのだって、ひとりになる不安、運命の人に出会えない畏れ、セーヌ河岸でよく買う本のような情熱的恋愛への願望、習性、惰性、ロマンティシズムにメランコリー、結婚して子供をもつことへの羨望からだった。

ようやくけりをつけたあとは日々ほほ笑みからほほ笑みへ、腕から腕へ、色恋より愛、快楽より願望、欲情より感情、そして熱狂より夢をもとめてさまよっていた。体制順応をよしとせず、世間なみの生き方を嫌い、ブルジョワや成金趣味を唾棄していて、モノへの執着とはいっさい無縁にキリギリスのように生き、家具も宝石もアクセサリーも所有せず、欲しがらず、一週間くらいろくに食べず、菜食し、流行遅れの恰好をし、社会的義務とは距離をおいて生きる、と公言していた。できるものなら空気のように軽く小鳥のように枝にとまるか、より高く、もはや肉体はなく魂だけが飛翔し、地球は無窮の美でしかなく、奢侈《しゃし》と美、静謐《せいひつ》と逸楽だけがある天空にいたかった。

クララのほうは、もうターゲットの目星をつけていた。自分と同じ三十くらいの見た目が俳優っぽい――実際、俳優だった――男に接近し、アパルトマンの主人とはどういう関係なの、と凡庸だがこの場合、効果的な会話の口火を切っていた。いまやふたりは飲みながら談笑し、アメリは文句なしにひとりだったが、ひとりで文句なしではなかった。一杯、そしてもう一杯飲んでほろ酔い機嫌になった。まわし喫《の》みされていたハシッシュタバコをひと息吸い込むと、ふいに喧騒のなかに見えた。彼、十年まえソルボンヌで出会って語り明かしたひと。まちがいない！　待ち合わせは遅刻でダメになった。優柔不断だったから。いったん行くのをあきらめたあと、サン＝ミシェル大通りを全速力で走ったけれど、誰もいなくてぜいぜい息をはずませながら絶望的なひどい気分で待っていた。そのあと電話はなかった。もしかして後日、電話をくれたのだとしても、転居し番号を変えたあとだった。

ひと目見て身震いするような眩暈《めまい》を感じ、とっさに身がまえた。気づかれる畏れ、あるいはもっと悪く、顔を見ても思い出してもらえない畏れから、物かげに隠れた。話しかけたいのに、またあの目に吸い込まれるかと思うと混乱し、話したいのかどうかわからなくなった。もうなにもわからなかった。自分がふがいなく野暮ったく、つまらなく醜悪に思えた。

彼が近づいてきて頬がゆるんだ。共通の友人がひょっこりあらわれ、ふたりを引きあわせ魔法のようにいなくなった。というのも、制作はするが、あとは勝手に上映鑑賞される映画の監督にすぎないように、仲介者やメッセンジャーとは出会いが成就すれば消えてなくなるものだから。そして、ほほ笑みかけられたとき、彼も憶えていてくれたのがわかった。

ヴァンサンは大人になっていた。骨格がしっかりし筋肉がつき角ばって、すっかり男っぽくなっていた。見つめられた、というか目をのぞき込まれたとき、魅力も独特のほほ笑みもむかしのままだった。よそよそしさとうやうやしさの中間みたいな謎めいた表情。動揺し、ティーンエイジャーみたいにおろおろさせられるなにか。

うつくしさ、善良さ、シンプルさ、感じのよさ。思い出のなかよりもっとつよく、おおきく、成熟し、ほほ笑みにくらりとさせられるいい男で、目にかかる褐色の髪と頬のかすかな傷あとが、自分で意識していなくとも魅力的だった。

お互いどうしていたか、これからどうするつもりかあれこれおしゃべりした。彼はブラジル、南アフリカ、ヴェトナム、日本、オーストラリアまで旅行していて、兄の死で見失った人生の意義をもとめ、世界を旅することへのやむにやまれぬ思いを語った。兄は両親と距離をおき、看護人に見守られ、毎晩ヴァンサンが見舞いにかよっていた病院で死んだ。旅からもどり、家族のプレッシャーから社会党と政治活動をやめ、音楽もやめて金融とコンサルタントの世界に入った。いまはおおきなコンサルタントグループで働いていた。音楽が恋しく、たまに夜ピアノを弾いて、時間があれば作曲したり歌ったりしていた。まじめな人間になっていた。あまりに若くあまりに性急だけどしかたがない、義務感のつよいひとなのだ、とアメリは理解した。で、きみは？どうしてた？　フランス語を教え、ベルネに帰省する以外そんなに旅行はしてなくて、友だちとイタリアとギリシャ、それとロンドンに行ったくらい。モンパルナスにある書店でも働いていて、本の世界を愛している。やがて十年まえの因縁の待ち合わせの話になった。行ったんだよ、と彼は告白した。きみは？　すっぽかしたでしょ、僕は一時間待ってた。一時間？　遅れたけど行ったのだ、縛られて身動きが取れなかったのだ、と弁解した。縛られてって、なにに？　じつは自分自身、つまるところ自分を縛るのは自分でしかないもの。

やがて零時になり、言いわけは脇において記念すべき瞬間、年、世紀、一〇〇〇年代の終わりを迎え、すべてを忘れてみんながキスしあい、ふたりも頬にキスし、彼女は香水を感じ、彼はなつかしいようなにおいに動揺し、ほかのみんなが割って入ってキス、新年の言葉、タバコ、ドラッグ、アルコールの杯があげられダンスがはじまり、それは旧世界の終わり、ことによれば世界そのものの終わりかもしれなかった。

午前三時にふらつきながら外へ出るまえに目で探し、彼がさよならも言わず電話番号も一瞥《いちべつ》もくれずに帰っていたらどうしようと思ったが、そんなことはなく、煙のなか、すみのソファで女性のとなりにすわっていた。近づくと、つよい視線で見つめられた。じつはずっと目で追っていた。が、この視線の意味はなんなのか？　キスしたい？　ほんものの、偽りの、あるいは抑圧された熱情？　それともたんなる退場か幕間劇の終わりの合図？　これほど多くの矛盾したメッセージをどうして一瞬で読みとれよう？　もしかして、お別れの挨拶《キス》に不器用さか戯《たわむ》れで口の端にふれる？

家まで送ると言ってくれれば、と思った。ふたりでパーティのつづきをして、もう一杯飲んで笑って夜を明かし、愛していると言いかわし、結婚し、子供ができ孫ができ、そうやってつづいていけば。だがなにも言われなかった。マッシヴ・アタックの「プロテクション」にのせて帰ると告げ、やっと聞きとってもらえた――くちびるが彼の耳にふれ胸がドキンとした。もう帰るの？　とささやかれた。うん、もう遅いし、友だちのクララに車で送ってもらうから。で、まったくなんの反応もないので紙ナプキンに電話番号を書いてわたす。なくさないで。そしてわたしたそばから先ばしって未練がましく期待し、先手を打ったことを後悔し、この先しばらく電話を待つことになるのが思いやられた。どうせ電話をくれても礼儀か気づかいからだろう。欲望からか義務感からか電話番号をささやかれ、手に書きつけた。

人生におけるあやまちの半分は行動の欠如、半分は性急さによる。その夜のヴァンサンは両方のあやまちを犯していた。アメリと会う約束をしなかったし、すでに結婚していたから。となりの女性は妻だった。

5

ヴァンサンはアルコールの靄《もや》のなか去っていくアメリを見送った。引きとめたかった。夜どおし語り、彼女を待っていた十年まえを思いかえしていた。あれからすべて変わった。音楽家になるのを夢見ていた。両親の友人のピアニストに、プロになる才能はないと言われ、やる気をくじかれた。ピアニストの登竜門であるコンクールも、コンセルヴァトワールに入ったときからついている先生と、一年猛練習したのにしくじった。家族にも近所にも迷惑にならないよう、夜はヘッドフォンをつけて鍵盤に向かった。昼は学校で練習に励んだ。そしてコンクール当日、なみいる出場者は優秀で技巧にたけ、どんな細部もゆるがせにしない、神がかりみたいな者もいた。よほどの無神経、無頓着か自信過剰でなければ立ち向かえない。ひょっとして自分にはほんとうにレベルも才能もないのかもしれない、と理解する。だから審査員をまえに念じていた。磔《はりつけ》にするなり神格化するなり裁いてくれ、数分で僕を天に昇らせるなり、奈落の底に突き落とすなりしてみろ。この日、彼が実際にあたうかぎりの演奏を、自分にできると信じていたとおりの演奏をしたのか誰に知れよう？

このときの悔しさと落胆で自信と夢はくつがえされた。いっぱしの音楽家のつもりがそうではなかった――音楽をたしなんでいる、ただそれだけのこと。父の言うとおり、まじめな職につく潮どきだった。兄が死んで、もう自分しかいなかった。数か月打ちのめされていた。自分を棄て、空っぽになるようなものだった。こころの底からわきあがるこのあこがれを、報われず砕けた夢、傷ついた愛のように痛みのヴェールで覆わなければならなかった。音楽を愛したが、音楽は愛してくれなかった。数年間、ピアノにもふれなければコンサートへも行けなかった。悔しかった。つらかった。自分の一部、人生の本質は感情にかかわると考えていた音楽的部分を切り棄てなければならなかった。

そこで経済と金融へ舵を切り、優秀な成績で大学を卒業、アメリカの大企業に就職し、最初はルクセンブルク、ついでパリに勤務した。上司から、成長している、すばらしい成績だ、やや「協調性」に欠けるが改善できるだろうと言われた。「考えてほしいんじゃない、実行してほしいんだ」。キャリアアップをたきつけられ、人事部長との面接が組まれた。あいにく不況で昇進ポストはなく、あと一年もちこたえねばならなかった。

どこかほっとして面接を終えた。遠くへ行きたいと思っていた。怒鳴りちらす父も、母の泣き言も、上司の評価とも無縁の国へ。だが、友人宅の夕食でソフィに出会った。美人で、彼より長身、おしゃべりで、どちらかというと内向的な彼は惹きつけられた。女優なのも夢があったし、魅力的でおもしろくて、おかげで久々に気分が軽く浮き立った。昼食に誘った。場所はパリのサン＝ジェルマン街サン＝タンドレ＝デ＝ザール通りの、倒産か魔法かでいまはない、こぢんまりしたレストラン。服装というかコスチュームは、彼女がデコルテのおおきな深紅のロングドレス。彼は品のいい地味なパンツに白いシャツ。たわいもない話題、計画についておしゃべりした。家族や子供時代のこと。音楽やせりふのこと。生活をポエジーに変えるもの。青春時代や旅行、サンパウロ、クルーガー公園、メコン河のこと。政治、経済、なんでもかんでも。彼に先入観はなく、彼女にはあり、彼が信頼や貞節の観念をもち家族にこだわるのにたいし、彼女はそうではなかった。彼にとって、自分のことは二の次にして家族や友人につくすのも、それをよろこんでもらえるのも、当然のことだった。落ちついて理性的で堅実で、熱狂には不信の目を向けていた。狂気の愛より不滅の愛の側にいた。あるいは苦しむのを畏れて感情をさらけだせないのかもしれなかった。じっと辛抱できる情熱家、理知的であろうとする感傷屋、ややおひと好《よ》しで内省的、そしてとても繊細だった。彼女は女優としての経歴を話した。演劇界に華々しくデビューし、歌って踊れて、所属する劇団はパリや地方で公演していた。

彼女に連れられ自宅、というか商店経営《コメルス》の両親と同居するコメルス通りの暗くほそながいアパルトマンへ行くと、ピアノがあった。ピアノと名のつくものには、やけどでも畏れるようにしばらく指をふれていなかった。気に入られたくて弾きだし、彼女をその気にさせていた。ソフィは鍵盤をなでる指を見つめながら、それが自分の顔を這いまわるところを想像した。彼にはその視線の意味がわからなかった。言いたいことがあるのか、音楽に飽きているのか、このあと用事でもあるのか？　好意をもたれているのか、思いきって手を握り、くちびる、からだ、その人生をわがものにしてもいいのか？　ほんとうにうつくしく、青い目にながい金髪、からだの線がほっそり優雅で抱きしめたかった。あたりにただよう音楽がふたりを祝福し、やわらかな光でつつみ込んでいた。波長がぴたりと合うように、想念が音楽としっくり調和し結ばれた。彼は自分自身と和解し、ひとを愛する自分を愛した。恋に落ちた。彼女に、恋に落ちることに、そして彼女の父親に。尊敬すべきたたきあげの苦労人で、コメルス通りの小間物屋から身を起こし、一軒もう一軒と店舗をふやして文房具・事務用品の販売にのりだし、事業を拡張し稼いでいて、義理の息子になりたいくらい魅せられていた。実の息子のようになりたかった。というのも、父はひとりいたが厳しすぎ、信じ導いてくれる父親のような存在をもとめていた。

たびかさなる待ち合わせの昼食はやがて夕食に、夕食から夕食後のひととき、さらには夜をともにするようになり、昼夜、そして人生をともにするようになる。運命とは人生の分岐点でどちらかにころばせるふとした気まぐれ、ごく些細《ささい》な要素のうえに築かれるかのよう。サイコロをふって出る目は偶然でも、それですべてが決まる。

数年後、冬の太陽のもと、モンマルトルの区役所まえの小高い丘にある広場に両家の親族があつまっていた。それはちょうど月末、年末、世紀末、一〇〇〇年代そして独身生活の終わりだった。レースのドレスに身をつつみ、金髪に花の冠をのせ、青い目に赤いくちびるの花嫁は天使のようだった。義務、はたすべき約束、信仰のように愛をささげていた。婚礼の夜のパーティで楽団が花嫁のために演奏した歌は、彼の作詞作曲によるものだった。恋に落ちた瞬間を歌っていたが、事実、落ちていた。とはいえどこまでか、本人は知るよしもなかった。夏の晩、一緒に酒を飲んだあと、未来の義父宅のバルコニーで思い立ったプロポーズの瞬間のことを考えていた。そして、結婚の立会人でもある親友シャルルに耳うちすると、陰気に鋭く「同感」と言われた。い、い、い、い、い、い、い、い、い、い、い、い、とんでもないまちがいをおかしているような気がする。

6

二〇〇〇年のパーティのあと、アメリは海越え山越え世界を股にかけ、血まなこで探している人生の伴侶に、いいかげん会えるのかどうか知りたくて占い師を訪ねた。それまで彼女は一年間ニューヨークで暮らし、学生会館でフランス語の補助教員をし、友だちとロンドンからアテネ、ローマからオスロへとヨーロッパをめぐり、インドとアフリカまで行き、つねに運命のひととの出会いをもとめていたけれど、それはやがて子供の父親になれそうなひと、好きになれそうなひと、道をともに歩めそうなパートナーとなり、一夜かぎりの男、それから万策つきて男なら誰でも、要するに手近にあらわれた男なら誰でもよいということになった。占い師によれば、理想を追求し、友愛や連帯、知的創造性にこだわりがあるが、なにより根っからの夢想家で、自分が擦りへるまで親身になる傾向があり、往々にして、失望や幻滅を味わうことになる。思いをうちに秘め、感情表現や愛の告白は苦手。よって、伴侶には交友関係のなかで出会うことになるだろう。

だが、もう交友関係はないのだった。まわりはすこしずつ結婚し、元恋人たちすら一家の父となり、なかなか会う機会もなかった。アメリはフランス語の授業を何日かにまとめ、あとはモンパルナス大通りの本屋の仕事に専念した。経営者が店舗の売却を決めたとき、買い取りを申しでた。ローンを組み、給料と家庭教師の謝礼から返済することになった。立地がよく人文系の知的でしゃれた品ぞろえ、夜十時まで営業している書店だった。客の応対が好きで、常連になるひと、仲良くなっておしゃべりするひともいた。

ヴァンサンのうわさは共通の友人や知りあいとの夕食やパーティで、ときどき小耳にはさんでいた。名前が出るたび心臓がドキンとして、あやしまれるのではないかとひやひやした。急にあたりが静まりかえって響きわたる――デロイト社で働いてるって？　まだ奥さんと一緒なの？　もちろん、これまで以上に。最近アメリカに引っ越した。昇進してニューヨーク勤務だ。そのうち忘れていることも多くなった。とくに誰かとつきあっているときは。

9・11のとき、眩暈《めまい》のようなものをおぼえながら、とてつもない変化、急激な時代の転換を痛感していた。そしてふいに思い出した。ニューヨーク勤務だ。事件のときどこにいたのだろう？　職場はツインタワー？　頭のなかでイメージが何度も再生される——旅客機、火を噴くタワー、煙、大惨事——身をかたくした。

やがてときがたって忘れた。9・11もツインタワーも無残に奪われた命も、ヴァンサンすら忘れた。ある晩、男とコンサートに行った。グループがニルヴァーナの「カム・アズ・ユー・アー」をカヴァーした。なぜか、自分のために歌われているような気がした。銃はもっていないと誓う歌詞に涙が込みあげたとき抱きしめられた。男の名はマックス、レストランを経営していて、笑った目、三日分のひげに革ジャン姿だった。そのあと一緒にパリを歩いた。カルティエ・ラタン、セーヌ河岸、ライトアップされたノートルダム大聖堂そばの橋まで来た。

セーヌ河岸でマックスとアメリは9・11の惨事や人生、死について話した。話の中身はどうでもいい。大事なのは時間。その日ふたりにはとまっていた時間。こころがからまり一瞬でとけあったのに敬意を表し、時間はふたりをそっとしておいてくれた。

そして世間が目を覚ます時刻、セーヌ河に面したアパルトマンでふたりは接近した。向かいあって煙をはきながら人工天国にいた。生きにくさ、将来への不安、畏れをハシッシュの助けを借りて癒しあい、朦朧《もうろう》となってわれを忘れ、笑って泣いた。つかの間でも自分自身でいることから逃避するために。ヴェネツィアへ飛び、ヴェローナへ行き、円形劇場で「アイーダ」を観て強烈な絶望感に一緒に身をまかせた。

うかうかと愛を信じ一年がたち、たそがれのセーヌ河岸で祝杯をあげた。夕闇に浮かぶ星のもと、幸福のことは考えなかった。たいしたことではない、と自分に言いきかせていた。

それなのに、ふたりで旅行に来たサルデーニャ島のビーチで、悲しみに襲われ胸がふさがれた。彼に見出そうとしていた無数の複雑さ、はかりしれないものは、じつは自分自身の願望と魂の反映にすぎなかった。ロマンティック、と占い師にも言われた。結婚や連帯にあこがれ、友愛にこだわっていた。世界にひらかれ理想を追いもとめる性格のため自然とヒューマニズムへ導かれた。幻想に現《うつつ》をぬかす夢想家だった。自分が擦りへるまで親身になり、厳格なしつけのおかげで感情表現が苦手、思いをうちに秘めていた。試練に果敢に立ち向かい憂鬱症から立ちなおった。

しばらくのち、ラジオからマヌ・チャオの歌「いとしいひとよ、もう愛せない《Je ne t'aime plus, mon amour》」が流れてきて、ヴァンサンを思い出した。共通の友人の話で、まだ生きているばかりかフランスに帰国しぴんぴんしていると知った。クララに話すと、あの新年パーティ以来散発的につきあっていた俳優にヴァンサンの電話番号を訊いてくれ、それはあのとき手とこころに書きつけたのと同じ番号で、もっともらしい理由をでっちあげ、ためらい、日のべし、おののき、あきらめ、打ちのめされ、比較検討し、せりふを準備し、また別のせりふ、さらに別のせりふを考え、変に思われないかとクララに相談し、別の友だちにも相談して正反対の意見を言われ、また比較検討し、度胸が出ず景気づけにアルコールを一杯飲み、コーヒーを飲み、もう一杯飲み、おののいて、時間が遅すぎるとかタイミングがよくないとか思って翌日にのばし、翌々日にのばし、期待することを忘れ、忘れることを期待したあげく、電話をかけた。あの深くあたたかみのある電話の声に、わたし、アメリ、憶えてる？ あなたのことを考えていたの、と言った。元気？ 音楽はつづけてる？ リルケは愛読している？ パリに住んでるの？ そして彼の職場近くのシャンゼリゼでランチタイムに会うことになった。待ち合わせのため美容室へ行き、化粧し、服を着て、脱いで、それを際限なくくりかえし、あっさりしたワンピースとハイヒールに落ちついた。胸が騒いで奇妙な気持ちに襲われ、極度の緊張で貧血し、虚脱状態でへとへとになりながら、再会を思って恍惚《こうこつ》とした。

レストランにあらわれた彼は品のいいスーツにネクタイ、「協調性」にあふれ、はずみながら挨拶《キス》して、わたしみたいに好意をもってくれているのだろうか、とアメリに思わせ、席につくとにこやかに髪をかきあげ、テーブルにセットされた皿とナイフ、フォークの位置をそろえ、ひとつふたつ冗談をとばし、前菜、メイン、デザートまで一気に注文し、めまぐるしくて上機嫌で、話題が山ほどあって、新しい仕事、旅行、ニューヨーク、9・11のことを話し、ちょうどタワーの近くにいて、すんでのところで命拾いしたこと、惨事のあとの生気も魂もぬけた街のことを話してから、彼女に向きなおって、ぼうっとさせ、そっちはどうしてた、とたずね、目を見つめた。なにをもとめられているのか、なぜランチに誘われたのか考えていたのかもしれない。

彼女がもとめていたのは彼。だが、育ちのいい女性には口が裂けても言えないこと。まえにおかれたパンかご周辺でうっかり手がふれ、「ごめん」とか「ぜんぜん、どうぞお先に」とか視線がかわされ、その視線に赤くなって沈黙が流れた。彼の指にふれられただけで激しく動揺した。そこで思いきって「ほかはどう、ふだんの生活は幸せ？」と口をひらいた。一瞬、なにか気まずい空気が流れた。そして救いの瞬間。意味深長なまなざし、答えにならない答え、なされることのない告白。ふたたびあたりさわりのない会話がはじまり、政治、経済、モラル、選挙、勢いをます極右、緊迫する都市郊外について、また9・11について、どのようにかはまだ把握していなくとも世界を血みどろの激動期に突入させたこの出来事について話し、インターネットバブル、金融に話題がおよぶと、サイクルなんだ、状況が悪ければ次の局面を待つしかない、と言った彼は起業して、いちかばちかの会社経営にのりだそうとしていた。

変わりないか、どんな生活をしてきたか、幸せか、彼女は訊いた。すると妻の話をはじめた。女優だった。いま、喜劇「愛と偶然との戯《たわむ》れ」に出てる。チケット要る？ 手ばなしで賞賛しているように見えた。愛はひとを盲目にし偶然と戯れさせるのだ、と思った。でもなんだって、そのひとを愛してここまで盲目になれるのだ！

質問にたいしては、僕は世界一幸せな男だ、と言った。はい、そうですか、よくわかりました。いや、そうではなく。じつは子供が生まれたばかりだった。笑顔で祝福し、すばらしいニュース、としらじらしくない抑揚で言えて、陰険なことはいっさい考えず、見ればわかったのにと内心舌打ちし、ロマンティックドラマでもなんでもないこの人生劇場で勝手に悲劇女優を演じていた自分を呪い、口を閉ざし、咳をし、魚《ポワソン》の小骨が引っかかって喉につかえ悶《もだ》え苦しみ、毒《ポワゾン》に息の根をとめられそうになった。もうなにも言うことはなかった。こころをわしづかみにされ、こっぱみじんに砕かれたも同然だった。

7

子供はジュールといいヴァンサンは首ったけ、いまや息子がお腹をすかせていないかどうかだけが唯一の関心事だった。誕生以来、子供しか眼中になかった。妻と水入らずの時間はろくになく、かなり責められていた。仕事から夜遅く疲れきって帰宅した。妻と一緒にすごす気も話を聞く気も起きなかった。愛はすべて息子にそそがれているようだった。そのまなざし、ほほ笑み、手、足。何時間も抱いて歌ってあやし寝かしつけた。出かけるのも一緒で、週末、公園、プール、森の散策へ行った。息子のためならなんだってしただろう。妻はもう働いておらず、生計は彼の肩にかかっていた。妻が家庭的なたちではないため、父となり母となっていた。足りないものをあたえ、欠如している愛情をそそいだ。それまでは親になるのに向き不向きがあるなんて考えもしなかった。人間誰しも生まれつき親になる素質があるわけではないことも。子供を見るのはこのうえないよろこびだったから、一挙手一投足、発する言葉やまなざしに目をほそめ成長を見守る親ばかりではなく、子供を自分の手柄のように見せびらかし、交換できるモノのように見なす親がいることも考えもしなかった。避けていた両親も、興味がなくなった友人もほとんどどうでもよくなって、自分自身すら子供のうつくしさをうつしだす鏡になっていた。

　ジュールが生きがいだった。がんばって働く力がわいた。ある企業と新たにコンサルタント契約を結び、申し分なく稼ぎ、将来的分野の開発、有望視していた先端技術関連事業を専門にした。読みは正しかった。報いられ収入が上がり、一家は六区サン＝ジェルマン街バック通りに引っ越し、近所にあるバビロヌ通りの公園にはうつくしいフランス式庭園があって、よくジュールと散歩に行ってはちいさな菜園をまえに芝生にすわった。都会の喧騒のなか、人生のただなかにあるひそやかな緑したたる楽園だった。

　妻は家のなかのこともかまわなかった。料理も片づけも嫌いだった。役が逆転しているようだった。食事を用意し皿を洗うのは彼だった――妻はすわって新聞を読み、葉巻をくゆらせていてもおかしくなかった。だが文句を言おうなど考えもしなかった。妻への思いが以前ほどつよくないのは自覚していたが、尊重していた。だんだん頻繁になっていた口論では冷静に、ことを荒立てないようなるべく黙っていて――よけいことを荒立てるだけだった。無言で天井を見あげた。息子を思うと意欲がわき、仕事に打ち込んだ。息子をよろこばせ世話を焼き、できるかぎり幸せにしたかった。ある日、義父と話すと小間物屋と文房具店は赤字経営になっていた。そこでひらめいたアイディアが、やがてふたりを金持ちにする。インターネットと技術革命にのってオンラインで販売。

その日ランチで再会したアメリは意外にうつくしかった。口、目、ほっそりしてきれいな手を見つめた。話すときせわしなく動く指。ほころぶくちびる。ほほ笑むとのぞく彼女同様行儀よくならんだ歯。ややぎこちない物腰。身がまえるような軽い猫背。一生懸命さ、笑顔、とっぴさ。彼女を見て鼓動が速くなったと自覚していた。いわくいいがたいなにかがふたりのあいだに流れていたが、話の中身のせいではなかった。肉体と魂から発する潜在的な言葉。あるいは、ふたりのこころの深いところから発するもの。いまやっていること、本、音楽、国や政治、旅行の話をした。なんの変哲もない会話の行間にひそむ言葉。このひとは僕にとってなんなんだ？　恋人でも愛人でも妻でもなかった。特別で他人のような気がしなかった。人生の変数のなかにある不変数。ほんとうになんなんだ？　定義のしようがなかった。感じていることを言葉にしようとしなかった。無意識のうちに肌で感じおののいていた。明らかな事実を分析せず結論も出さなかった。会話はいつはてるともなく、というか言葉にならないままくすぶりつづけていた――愛したくてたまらないのが、わからない？

8

三十五歳はお祝いしなくちゃ、まだ独身だって……。二〇〇三年五月九日の誕生日、アメリはクララやほかの友だちとバスティーユのロケット通りにあるレストランにいた。持参したカメラで集合写真を撮ってもらおうと、となりのテーブルの客に頼んだ。にこやかで折り目正しく不遜な物腰、薄い色の瞳に丸メガネ、若いのに髪が薄くなりかけてはいたが愛想のいい男が、シャッターを切ってくれた。だが、カメラが壊れていた。あわてず騒がず、品よく親切に自分の携帯電話《ノキア》の内蔵カメラで撮りましょうか、と言われた。アメリは承諾し、写真も電話番号もすぐ消しますから、と写真の送り先番号を訊かれたとき、「もったいない、保存しといてよ」と返したところ、後日メールが届いて返信し、そんなふうに数日、携帯電話で魅力的なおふざけのやりとりをし、携帯メールが普及しだしたころで、初めて出会ったバスティーユのレストランに夕食に誘われ、ときどき会い、ある晩芸術橋《ポン・デ・ザール》のうえで口づけされ、カブールへ週末旅行に連れて行ってもらい、そうこうするうち彼のアパルトマンが火事になった。衣類も家具も残らず失った。着の身着のまま彼女の部屋に転がり込み、同棲するようになったのは自然のなりゆきだった。

ファブリスは外科の研修医で、激務をこなしては毎晩当直室で打ちあげをしているチームでインターンを終えようとしていたので、開胸手術を見にこないかと誘われた。彼が胸郭をメスで切りひらき、手術のため停止させておいた心臓をつかみ、閉塞した動脈を、太腿から採取した静脈と交換するのを見た。それから心臓に静脈を縫いつけふたたび機能させた。こんな度肝をぬかれる光景は初めてだった。この体験で感電したように興奮しながら、生を正面から、死をこれほど間近で見たことに激しくこころを揺さぶられていた。なにか絶対的なものを目のあたりにした気がした。あれはわたしの心臓、すごいとも愛しているとも思う男の手のなかで、ふたたび鼓動しはじめている、と思った。だけど彼は？　目をまわして卒倒しそうになったとき、手術にのぞむときは感情を遮断しなきゃ、と言われ、ふだんは？　と訊くと、彼はふだん恋に落ちたことがなかった。

女性を口説き落としてきたのは、知的でひとの話に耳をかたむけ、気を惹くのがうまいためだった。アメリがいつも不安なのに彼は冷静沈着、彼女が夢想家なのに彼は実際家。落ちついていて優秀で、よく見ればおちょぼ口とひろい額が正直かっこいいとはいえなかったけれど、緑色の瞳にすてきな笑顔で、まあもてるほうだし積極的にもてようとしていた。こうしてアメリは、男なら誰だって同じという不思議な感覚をおぼえながら男から男へわたり歩いたすえ、落ちついた。似たり寄ったりなのは彼も同じ。すくなくとも退屈ではなかった。朝早く家を出、夜遅く帰宅し、充実した一日をすごし、命を救い、心臓を手づかみにし、そのなかには彼女の心臓《ハート》もふくまれ、だからこそプロポーズしてくれないのと訊いて、それなら、とプロポーズされたとき、ウイと答えたのだ。

パリ五区の区役所まえにそびえる万神殿《パンテオン》と祀《まつ》られた偉人たちがおごそかに見おろす偉人広場《グラン＝ゾム》で、あつまった両親や親類、友人にかこまれていた。兄弟、姉妹、いとこたち。広場に面したホテルでカクテルパーティが予定されていた。雨のなか招待客が到着した。かつては招待される側だった。長年、友人が結婚するたび立会人、花嫁のつきそい役として、姉妹として二回、友人、いとこ、独身者、元恋人として参列し、独身生活最後のパーティ、披露宴の準備から式本番、ドレス、ケーキ、祝福、第一子誕生に立ち会ってきたものだ。家族がノルマンディーから来ていた。めかし込んだ両親、姉妹、友人、立会人のクララはヴェールのついた帽子に、きわどくからだにはりついた薄紫色のドレスで、犬も食わぬひどい天気のなか新しい犬を胸にかかえていた。

雨の晴れ間に鋪道がきらめき、胸がときめいていた。幸せで胸がいっぱいだった。結婚は女の一生の到達点、もとめてやまないものだった。霧雨が晴れて地平線に虹がかかった。これからはじまる新しい生活を象徴しているように見えた。マレ地区にあるちいさなアパルトマンでいとなむ共同生活。ほど遠からぬセーヌ河は暗々《くらぐら》と輝き、夕日を照りかえしてきらめく水面には、鈍色《にびいろ》のドレスをまとった巨大なエッフェル塔の影がたゆたい、パリは夏の猛暑に疲弊し、ニューヨークでは建築家のリベスキンドとチャイルズのプロジェクトが世界貿易センター・ツインタワー跡地の再建に選ばれ、スペースシャトル「コロンビア」が乗員もろとも空中爆発し、火星はかつてなく地球に接近し、地球は二〇〇〇年を迎えたあともなおまわり、地球のこちら側の雨まじりで幸福で、ときがたてば忘れられる、ぶっとんでいて破壊的な結婚式を終えたばかりの新婚カップルの目をふさぎ、たそがれの光のなかに残してまわりつづけていた。

9

二〇〇五年七月五日、パリへ向かう高速道路は雨だった。ジュールはバックシートで眠り込んでいた。ソフィがわめきだした。ヴァンサンに向かって、あぶなっかしい、なんてひどい運転、スピード出しすぎ、のろすぎ。妻にはすべてが度を超しているのだった。彼は突如サービスエリアに入り、呼吸困難になったみたいに車から降りて、ドアをバタンと閉めた。

「どうしたの？　気分でも悪い？」ソフィが追いついてきてたずねた。

ジュールが目を覚まし、黙って車のなかから両親を見つめていた。

「もうダメだ、ソフィ。息がつまる。死にそうだ」

「あの牡蠣よ。あなたアレルギーがあったのに」

「いや、牡蠣じゃない。……きみだ」

「あたし？　なにそれ？」

「もう文句はうんざりなんだ。ぎゃあぎゃあ言われるの、うんざりなんだ」

「どうしたの？　鬱の発作？　今朝、抗鬱剤のんだ？」

「ああ、もちろんのんだ。やっていけない。もう意味がわからない」

「なんの意味？」

「人生の意味。もう、なにをやってるのか、どうすればいいかわからない」

「四十歳の危機《クライシス》ってやつね。まだ三十七なのに早い」

「老けたってかまわない。早く年とって終わりにしたいくらいだ」

「薬の量をふやしてもらったほうがいいんじゃない？　バンサール先生に予約して」

「抗鬱剤の話じゃない。もうきみとはダメなだけ」

「はあ？　あたしとはダメ？　要するに、なにが言いたいの？」

「もうカップルじゃないんだ、ソフィ。僕ときみ、一緒でもカップルじゃない」

「で、要するに、カップルってなに？」

「カップルとは愛しあうふたり。我慢しあうんじゃない」

「我慢してるのはあたしのほう。どれだけその鬱がうっとうしいか、必死に支えるのがどれだけ大変か、わからないの」

「ちがう……」

「なに？」

「鬱じゃない」

「へえ？　先生はなんて言ってる？」

「なにも。話を聞いてくれる。鬱なんかじゃない、ソフィ、わめき声も怒鳴り声も、不平不満もあしざまに言われるのも耐えられない。愛しあってない。もう愛していないんだ」

「いいひとがいる？」

「なんてこった。十年も一緒に暮らして、僕をなんだと思ってるんだ」

「なんなのよ、じゃあ」

「理想家なんだ」

「そっか、なるほど、理想家ね！　だから逃げるんだ」

「なにから？」

「あたしから、あたしたちから。すべてから。とくに自分から」

「たしかに。僕たち終わりに来たみたいだ」

「なんの終わり？」

「サイクル」

「なにそれ？　パワーポイントでプレゼンでもしてるつもり？」

「ごめん、ほかに言葉がなくて。けど、だいたいわかるだろ」

「だいたいってなに？　逃げるの。誰かいいひとができたのね」

「ちがうってば、誰もいない」

「言っとくけど、ヴァンサン、家庭をぶち壊させはしない。あたしはいつもジュールとふたりっきり。あなたがなにもしないからうちのことぜんぶやってんのよ！　だから黙って働きゃいいの。それで幸せじゃなくても。あたしだって。誰だって、みんなそうなんだから」

「ああ、働いて金を入れる。それしかしてない。きみのため、家族のために。でも、急に無意味な気がして。苦しいんだ、わかる？」

まえの晩、息子とテレビで「スターを探せ」を観ていたら「いとしいひとよ、もう《Je ne t'aime plus, mon》愛せない《amour》」が流れて泣きたくなった。いとしいはずのひとをもう愛せなかった。だが息子は誰よりも愛していた。なぜ？　なぜこんなことになってしまったのか？

　そもそもはじめから妻を愛していたのか？　結婚はすべきものというプレッシャー、弱さ、社会的義務に流されてしまったのか？　できすぎだった。美人で知的で魅力があって、そんなひとがふいにあらわれ自分と結婚したがった。こんないい話を断れない。本音では心底困惑し、どうにかかわそうとしたものの、意気地のなさと義務感のため、できなかった。

「愛人がいるんでしょ。決まってる。さ、言っちゃいなさい」

「いいや。わかってるだろ。僕はそんな人間じゃない」

「そんなって？」

「愛人をつくるような」

「そりゃそうね。凡人と一緒にしないでって、人生なにがあっても自分を見失わず、家族のためなら山でも動かせるって言ってたものね」

「浮気したことはない。きみはする。でも僕はしない」

「え？」

「浮気してるのは知ってるんだ」

「なに言ってんの？」

「聞いた。劇場で見たって。ぜんぜんひと目を気にしないんだから」


たしかに、そのとおり。愛人ならもちろんたくさんいた。それもまた彼女には高くついた。思い描いていた自己像や人生観を変える。考えていたような女優にはなれないという事実を受けいれるかわり人生を演じる女優になる。わざわざ嘘をつく。より巧妙にたくさんの嘘をつき、楽しくて騙し、性癖、憐憫《れんびん》、欲求、憎悪から騙し、自己と相手への嫌悪、そして愛のために騙す。というのも彼を苦しめたくなかったからで、だから別れずにいたのだし、まだ愛してはいたのだ。

ある晩、ふだんより早く帰宅したヴァンサンは愛人をただの友人のように紹介されたこともあった。なにも感づかなかった。情緒がぬけているみたいに、なにも言わなかった。愚かではないが情緒の機微が読めず、なにも見えていないか、おめでたいひとみたいだった。まるでもうひとりの子供、強情な中学生の兄でも育てているようだった。

「愛してくれないでしょ。だから浮気するの。あたしを見もしない、話も聞いてくれない、声も聞こえていない」

翌日、ヴァンサンは身のまわり品をスーツケースにつめ、義父と設立した会社の用事でロンドンへ発った。仕事の成功のおかげで逃避でき、出張から帰るのは息子の顔を見るためだった。ほかの仕事仲間のように出張を浮気の隠れ蓑《みの》にしなかった。そんな俗っぽさを嫌い、夜遊びにもおしゃべりにもつきあわなかった。まじめな人間だった。

車窓に風景が流れる列車のなかで、となりの男と世間話をした。男はこまかい要望にそって男女を紹介する出会い系サイト「ミーティック」の話をした。となりの客はサイトに登録し、かなりの時間をつぎ込んで、まずはヴァーチャル、ついでリアルで女性と会っていた。男が下車したあと、ヴァンサンは自分の結婚映画を流しながら、妻を裏切ろうとしたことなどなかったと思い、そうしなかったことに後悔のようなものをおぼえていた。

電話を見るとソフィからメッセージが届いていた——〝ヴァンサン、愛してる。あなたのこと、あたしたちのこと、家族のことを思ってます〟。この「愛してる」とはどういう意味か？　念押し、要求、甘言？　あるいは、まだ愛してる、終わりじゃない、がんばりましょう、という意味か？　ひょっとして「あたしを愛して」「もっと愛して」というSOSのサイン？　家庭にたいする暗黙の奉仕、誓い、責任をほのめかしているのか？　彼には家庭を破壊しようもなく、破壊するはずもないのに。それが息子のためだけであるとしても。恋より愛。愛より子供。そして自分自身はいちばんあとまわし。

妻、その華やかでくすぐるような、まぶしいほほ笑み。自分の延長、一部、子供のような妻。わが日常、寝場所、夕食と朝食、日曜午前の外出、思い出——過去。

電話の向こうで妻の声が響き、理を説き、毎度おなじみの言葉で家に、夫婦に、彼自身に縛りつける。それもこれも自分が夫だから。つねに臨戦態勢の妻。彼に、息子にわめきちらす妻、はたすべき務め、記憶の奥に棚の奥、ソファ、そして妻を、母を思い出させ、遠いむかしめとったころの女性を思い起こさせ、こっちが無関心でも華やかなプリンセスは多彩な顔をもち、あるときは掃除婦、家政婦、一家の主婦にして世話女房、古風な女、おかあさんでおばあちゃんで、ベッドでは妻、息子を産んでくれた妻、電話口でわめく妻、そのひとはもう自分の女ではなかった。

一方、自分は家庭中心に人生を築いてきた実直な男。恋に落ちたため結婚し、愛のために別れず、あたえられるものは時間も人生も家も金も子供も会社も、すべてあたえた男。自分の自由にできるものはぜんぶあげたが幸せにできなかった。というのも、こころだけはさしだせなかったから。

翌朝、早く目覚めた。ロンドンの街をぶらついた。雨だった。カフェに入ると熱っぽい目で見つめあうカップルがいた。フランス人だ。愛がなにものにもまさると信じているのはフランス人くらいなもの。唐突に、アメリを思い浮かべた。なぜこれほど時間がたって携帯メールをくれたのか、いまどうしているのか、どんな人生を送っているのか、それから、なぜいまのこの状況で彼女のことが意識にのぼったのか、と考えると電話してみたくなり、携帯を取りだし番号を押そうとしたとき、轟音がした。爆発はカフェのそば、その朝打ち合わせに行くため地下鉄に乗るつもりだったキングスクロス駅。眩暈《めまい》がした。数分差で巻き込まれるところだった。煙の熱気を感じ息がつまり、気を失った。

10

二〇〇六年七月二日、すべては青天の霹靂《へきれき》のようにはじまった。

アメリにはひと目で彼がうつくしく完璧に見えた。たとえ薄い髪、疲れきった表情にたるんだ肌が純然たる美の規範からはずれていても、ゆったりと落ちつき充足し、賢者めいて、なにかを教えてくれそうに思えたが、それがどれほど真実かこのときは知らなかった。彼自身のこと、彼女のことを教えてくれることになる。そしてふたりのことを。

その日、夜をともにした。意識より先に肉体が出会った。結ばれたのは自明のこと。汗がまじりあうのがここちよかった。暑くてお互い冷めようがなかった。口、しがみつく手、ぴったり身を寄せてくるからだ。彼女のにおいに恍惚《こうこつ》としたようにやや盲目的な近視眼でじっとつよく見つめられた。驚くべき愛の物語がはじまる、とそのとき悟った。

甘くてしょっぱい蜃気楼のような夏だった。彼のほか誰にも会わなかった。猛暑に萎《な》えて人々は自宅にこもり、幸運な者は避暑に行ったが、ふたりはそうではなかった。ときどき身を起こし水を飲み、食べて、彼のところにもどった。非現実的な暑さのため関係はひりひり焼けつくようだった。まるで外界からへだてられた巨大な泡か繭《まゆ》のなかのようなパラレルワールドにいて、もはや彼、そして彼女しか存在しなかった。

視線としぐさで語りかけてきた。めずらしくこちらが饒舌《じょうぜつ》になって言葉を、愛の言葉をささやきかけた。彼女を胸いっぱい吸い込み、もとめ、彼女なしには、からだにふれずには生きていけないようだった。昼も夜も不可視不可分の糸で結ばれていた。昼も夜はちょくちょく起こされた。それほど必要とされていた。朝目覚めれば、彼が太陽だった。かたわらにいるのを信じられない思いで飽きもせず見つめる、それくらい、うつくしかった。

強烈に愛され、待ったなしに必要とされ、嫌われる畏《おそ》れは皆無だった。ぼさぼさの髪にすっぴんでも彼の目には絶世の美女にうつっているとわかっていた。なにを着ていても関係なかった。彼女そのものが愛されていた。どんな人間で、どんな生き方をしているのかも知らなかったが、日を追うごとに知り、すべてを受けいれてくれた。ただし、かたときもそばをはなれなければ。

ときには息がつまるほどだった。ひと息ついて外に出て、自分を取りもどす必要にせまられても、そうさせてもらえなかった。部屋を出ただけで絶望に泣きくずれた。耐えられなかったのだ。独占欲のつよいやきもち焼きの猛々しい暴君、それは彼女も同じこと。誰にも彼に近づき、手をふれ抱いてキスさせたくなかった。ふたりだけで満ち足りていた。世界にたったふたり。ほかに誰も要らなかった。これほど狂おしい愛があるだろうか?

とはいえ九月が来た。新年度がはじまり仕事が再開された。暑気は去った。夏の陽気は吹きはらわれた。だから、彼をおいていく決心をした。はじめは嫌がられた。荒れて泣き叫んだ。一日中じっとして、帰りをひたすら待っていた。やがてあきらめた。

ほかの女性の腕のなかで慰められていた。
だが夕方帰ると、全世界が彼に、彼女にひらかれ、キスすればたちどころにやさしく結ばれ、彼女は甘い言葉をそっと耳にささやき手をなで、見つめあい、うっとりと赤ちゃんに見入った。

彼のためならなんだってできた。ぎりぎりまで追いつめられ、産後は夜なかに六回起こされ、どんな欲求も怒りも横暴な要求も押しとおされるがままだった。支配されていた。全身全霊でつかえることを要求されていた。なんだってしてあげた。必要とあらば五分おきに授乳し、沐浴《もくよく》させ服を着せ、小児科へ連れて行き、ほほ笑みを見て報われた。どんな危険でもおかし、無理難題も解決してあげただろう。出産後、ほかのすべてが些細《ささい》なことに見えた。愛し愛され報われるよろこびを知った。彼がすべてで、彼にとっては自分がすべてだった。あっという間に身もこころも奪われていた。彼が人生の中心となり、かたときも頭からはなれず、どんな考えも彼に向かった。もうほかのことは眼中になかった。

妊娠中は孤独だった。ファブリスは仕事に明け暮れ他人行儀で、うとましげな目、もっといえば嫌悪の目で見られた。不思議なくらいほったらかしにされ、友人たちとヴァカンスに出かけてしまい、横柄にさげすむような目で見られた。仕事に忙殺され心労が多いから帰りが遅くなるのはしかたがないとしても、妻とすごすより友人同士で外出したがるのは説明がつかなかった。疲れていても帰る家があり、妻がいて夕食が出てきて、居ごこちのいい住まいと一杯のワインがあれば満足。その一杯はやがてハーフボトル、フルボトル、そしてウイスキー一杯等々となっていった。

帰宅したっていないも同然だった。妻を気にかけることもなく、子供部屋へ息子の様子を見に行きもしなかった。書斎にこもって出てこなかった。さもしくつまらない人間、話題もない俗っぽく下品で軽蔑的な男になっていた。妻に注意を向けるのは、一日せいぜい五分だけ。それ以上は無理な相談だった。妻子をヴァカンスに連れて行かなかった。日曜はいつも部屋にこもって立てつづけにタバコを吸っていた。自分の金はまったく出さないか、出すとしても最小限、出産費用も子供のおむつ代も出さず、買い物に行ったためしがなく、自分のことしかかまわなかった。プレゼントひとつ、思いやりの言葉ひとつなかった。まったくどうでもいいようだった。生きているのはひたすら自分自身のためだった。生きている、とは名ばかりで、生きているふりをし、じつは生きる意思すら投げだし、ただ見えをはって万事快調のふりをしているだけの廃人、生ける屍だった。利用されたのだ、とアメリは悟った。罠にはめられた気がし、この関係は終わっている、もはや見込みはない、と思ったからこそもうひとり子供が欲しいと夫に言ったのだ。

息子が夫とふたりっきりになるのを畏れていた。息子を愛していたから夫のひどい仕打ちも黙って耐えたし、息子を愛していたから、ますます頻繁に考えていた離婚が現実となった場合、親元を行き来する際の道連れになる妹か弟をあたえるためなら、なんでもしようと決意していた。泣くときに肩にもたれ、話のできる味方になるように。とりわけ、くさくさした気分か絶望かを、飲んでまぎらすようになった夫とふたりっきりにするのは考えられなかった。書斎にウイスキーの空き瓶がころがっていた。正体なく飲んだくれ、リヴィングでベビーサークルの柵ごしに目をぱちくりしている息子のまえで、酔いつぶれているのを何度となく介抱した。

ある晩、ファブリスに話ができないかと切りだした。尋問か医師との面接かなにかのように。陽性の妊娠検査を見せ、呆然と顔を見あわせた。それは嫌でもあと数年もちこたえねばならないことを意味し、嫌でも、というのはいがみあうまでになっていたからだった。妊娠期間がつらかったのはひとりで子育てしながら働いていたからではなく、夫がますます不快になっていたからだった。彼女の母親ぶりに虫唾がはしるらしく、憎悪されていた。我慢ならない自分の母親の姿をかさねて見ていた。本屋に無関心で足を踏み入れたこともなく、妻にかかわるものは友だちも家族も、なんでも毛嫌いしていた。毎晩帰ると仏頂面で、なにを入れてもち歩いているのかわからない帆布カバンをドサッとおいた。聴診器でも入れているのか？

ある日、電話でいつ帰るのか訊くと、まだ病院にいると言われ、そのあと友だちに会うためアパルトマンの下のカフェに行くと彼がいた。友人とビールを飲んで笑っていた。妻と子供たちを避け、なんでも逃げる言いわけにした。病院、診察、学会への出張、そして出張から上機嫌で帰るとスーツケースには開封した精力剤《シアリス》の箱があった。

家にいるときは不在のときより、もっと不在だった。

夫はあと二十年、なんなら一生このままやっていけただろう。家庭と伴侶、充実した私生活があると他人にも自分にも信じ込ませていた。難癖をつけて貶《けな》すためでなければ、なにも見えず聞こえず無関心だった。口をひらけば悪口だった。死の欲動のなかにいるのだろう、とアメリの心理カウンセラーは言っていたが、ますます頻繁にカウンセリングにかよっていたのは、離婚に踏みきることも、観念して一緒に暮らしつづけることもできないからで、人生に耐えるため出口を見つけようとしてのことだった。


どうして夫がこんな生き方をしていられるのか、わからなかった。繁殖めざして群れる哺乳類にでもなったような気分だった。

夫が書斎にこもってアルコールとハシッシュにふけっていたある晩、アメリは子供たちを寝かしつけたあとリヴィングにもどった。コンソールテーブルのうえの巨大な桃色キャンディみたいなコンピュータを起動させた。ファブリスが宇宙遊泳の足どりであらわれた。ハシッシュを吸うと機嫌がよくなり、白目をむいて瞳孔がひろがり、浮かれてほとんど感じがいいくらいだった。

「なあ、まだフェイスブックやってないの？」

「え？」

「フェイスブックだよ！　かわいそうに。そんなことも知らないの」

「どうやるの？　教えて」

「ああ、もちろん。せいぜい暇つぶしになる！」と彼は吹きだした。

ハシッシュタバコを片手にすわり、もう一方の手でウインドウをひらくと、青いプラットフォームがあらわれた。アメリの名前を打ち込み、Eメールアドレスを登録した。

「ほらできた。楽しんでね」と夫は書斎へもどっていった。

コンピュータの画面を見ると、フェイスブックのアイコンと結婚後の姓アメリ・モーレルのアカウントができていて、早くも友だちになるか、受けいれるか検討すべき候補者が表示されていた。誰と友だちになれるのだろう。知りあいを探した。ヴァンサン・ブリュネルの名前があらわれ心臓がドキンとした。プロフィールを調べてみると写真があって、それはたしかに彼だった。短髪に三日分のひげでほほ笑む彼、イベントでの発表、お知らせメッセージ、いろいろな国への出張やヴァカンスの写真、息子、椰子の木の下での妻とのツーショット。友だちが百人以上いて、すごい数に見えた。気になってヴァーチャルな友だち申請をクリックした。すぐ返事が来た。不思議！　こんなふうに電話も言葉も、車も地下鉄もバスもなにも使わずに、フェイスブックのお導きで誰かとつながり交流できる。遍在する神の世俗版が誕生していた！

「アメリ、元気？」フェイスブック上にメッセージが届いた。

「元気、そっちは？」

「上々」

「ウェブで会えたね！」

「どうしてる？　いまパリ？」

「うん。あなたは？」

「僕もパリ」

こうして二〇〇八年十二月十二日、ふたりは会う約束をした。

11

二〇〇八年十二月十六日、アメリは数えてみた。会うのは五年ぶりだった。最後に会ったとき、子供が生まれたと告げられた。バスルームの鏡にうつる姿は二度の出産で贅肉《ぜいにく》がつき、皺がちらほら白髪もちらほら、年月の重みをかみしめた。

美容室へ行って髪を切りカラーリングし、スーツを出し、ワンピースを出し、それからスカートとセーターを出し、さらにパンツを出し、すらりとして見えるようにヒールを履き、メイクし、夜の外出のように香水を吹きかけ、また着がえ、最終的にジーンズとTシャツで彼のオフィスがあるポンティウ通りのレストランで落ちあった。

ヴァンサンがいた。時間厳守、それはいまもむかしも変わらない。彼らしく地味なスーツにネクタイなしの白いシャツ。こめかみが白髪まじりのほかはちっとも変わっていなかった。相変わらず笑みをたたえたまなざし。まっすぐこちらを見つめる目。明るくておもしろく、極端に感じよく、近況を訊かれた。ものすごく久しぶりだね！　だからアメリは子供の話をした。ここ三年は妊娠しているか授乳しているかのどちらかで、子供と遊び、お風呂や食事、公園、買い物に追われながら書店経営をしていた。結婚していてもシングルマザーみたいにすべてこなしてへとへとで、昼間は目がまわるほど。どうして世間のママたちは、毎朝学校に子供を連れて来るときあんなに颯爽《さっそう》としていられるのかわからない。たぶんわたしみたいにひとりじゃなく、助けてくれるひとか、やさしくそばについていてくれるふつうの夫かパートナーがいるのかもしれないけれど、だからといってうちの夫には、なるべくそばにいてほしくない。

「子供はいくつ？」と訊かれた。

「アルテュールが二歳半、ポーリーヌが一歳」

「ご両親は、いまもノルマンディーに住んでるの？」

「そう、じつを言うと、もうあんまり会ってない」

「僕も。距離をおいてる。去年の祖父の葬式から」

「お気の毒。お祖父さまとは仲がよかったんでしょ」

「うん、ショックだった……けど、もう大丈夫。で、きみの夫は医者なんだって？」

ファブリスにも義理の両親のおためごかしにも耐えられない、夫婦生活は偽善と苦しみでしかなく、一瞬の気の迷いかホルモンバランスが狂って愛していると思い込んだ男と暮らし、邪慳《じゃけん》にされ、すでに壊れていた夫婦関係は出産と育児で終わった、とは言わない。離婚を考えているが、そうなれば二回にいちどの週末か、最悪の場合、というのも近ごろの家庭裁判所の傾向で、一週間ごとに子供たちを父親宅にあずけねばならず、そんなことは考えられない。夫は自覚がないが鬱だ、とも打ち明けない。傑作なことに自覚がないどころか傲慢で、世界に君臨する王か神のつもりで利用するだけひとを利用して棄てる、まさにわたしがされたみたいに、というのも誠意のかけらもないから。エゴイスト、ご都合主義者、人生をあきらめた悲惨なひと。

「夫は……あなたと正反対」とぽつりと言った。

この告白に言葉もなく、ほとんど気まずげに見つめられた。

「それはどういうこと？」

「結婚はばくち。開けてびっくりの福袋みたいなもの。わたしのはハズレ。中身は冷えきったこころ。そして夫にとってはお財布」

「なにもくれないの？」

「ぜんぜん」

「花も？」

「男のひとから花なんて、ずっともらってない」

「僕なら白いバラをあげるだろう」

「それ未来形、それとも仮定？」

「え？」

「いまのフレーズ」

「仮定法未来形です。先生」

「そんなのないよ」

「そうなの？」

「どうして白？」

「白いバラは友情のしるし」

「へえ?」

「なんだと思った?」

「純情!」

　彼を見つめ、見つめかえされた瞬間、思わず手を取って引き寄せたくなった。その瞬間すべてが一変し、ずっと言いそびれていたことを言えたなら。彼以外、誰ももとめたことがなかった。彼を待っているとき、一緒にいるときだけ人生が脈動していたと言えたなら。彼のことを絶えず考えていた。たとえ絶えず考えるのを忘れることがあったとしても。くりかえし見る夢、BGM、胸のうちのため息、たどりつけない地平線、理想のように、いつも彼がいた。結婚し、二度出産し、書店を成長させたのも、彼との一分間にくらべれば……ただの暇つぶし。一緒にいるだけで満ち足り、そうでないときは崖っぷちにいた。現在が無理でも、ふたりの関係は過去のなかでつづいていたし、未来でだって。でもどんな未来?　時間が存在しなかったら?　なにげなく言葉をかわした時間が永遠になりえた。そしてそのひととき、ほかのすべてが影をひそめた。ひと目見ると、こころが千々に乱れ世界は息を吹きかえし、そのあとはぬけがらみたいになった。なぜ一緒にいると一瞬一瞬があざやかに不滅の色をおびて過剰なまでに響きわたり、そのあとはなにもかもが大差なく、つまらなく見えるのか？　こんなにたくさんの問いに、いつか答えが見つかるのか？　どうしてこんなに尊重しあっているのか？

　運命の行動に出るため手をさしだそうとした矢先、彼の手がひらいて携帯電話を取りだした。見せてくれた画面の写真は赤ん坊。醜悪で歯がなく肥満し、目がくぼみ頬はたれ、頭のてっぺんにはふざけた巻き毛。おおきなマシュマロみたいにたぷたぷのほっぺをした、みにくく唾棄すべき乳呑み児。粉ミルク、スプーンですくったヨーグルト、緑やオレンジ色の瓶づめ離乳食で肥《こ》え太らされた忌まわしい子供、浮かれた悪魔のようなブッダ、身の毛のよだつ、おぞましい、吐きけのする赤ん坊！　会陰を爆裂させて誕生するや、泣き叫んで鼓膜に錐《きり》もみ穴をあけ、誇大妄想、ヒステリック、躁鬱症のサイコパスよろしく夜は一時間おきにひとを起こし、おむつを替えたはしから放尿し、四つん這いで動く胃袋で、胸の悪くなる腐臭をはなつ未消化ミルクのピュレを新品のワンピースに吐く連中、生きる目的はただひとつ、ひとの人生の破壊、女性として、大人としての人生、夫婦生活をめちゃくちゃにすることにほかならず、やがて成長し、思春期になれば舌足らずに話すことを覚え、部屋にこもり、出てきたかと思えば鬼ババアとのたまい、こっちが年老いたらあとは知らん顔、申しわけにそら涙を一滴、墓石にたらすだけ、要するに泣きながら生まれ、泣きながらひとの寿命をちぢめ葬りさる――忌まわしい赤ん坊！

「娘なんだ……。もう首ったけ」と彼。

「知らなかった、いくつ？」と力なく訊いた。

「九か月。果報者だよ」

「ほんと、果報者ね」とため息をついた。

彼は感きわまった面持ちでこちらを見つめ、

「これ以上すごいことはない。人生で最高のこと」

夢だって。

そう言ってやりたい。

「で、愛は？」

「これこそ愛だよ、まぎれもない愛」と彼が答えた。

「え？」彼女はおののいた。

「そのうちわかる。きみだって子供ができたんだし、真に『愛する』とはどういうことかわかるよ」

　これを聞いて失神するかと思った。つまり彼は妻を愛したことがないのだと悟った。

12

二〇〇九年八月三日、ヴァンサンは景色を眺めながらまどろみ、悲しいような物憂いここちで幼時期に退行し、無意識の底にうもれた感覚にひたろうとしていた。夢想にいざなわれるまま、幼いころヴァカンスで両親に連れられて行ったスペインにいた。母が浜辺で石を拾ってきて色を塗らせてくれ、兄と一緒に筆とフェルトペンで無邪気な絵を描き込んだ。色は海のような白と青。

つかの間、妙に現実感のある夢に身をおいていた。夢と現《うつつ》のあわいをたゆたっていた。兄が恋しくなることがあった。疑いや不安をわかってもらえたかもしれない。この胸のつかえが理解できそうにない両親にはなにも話さなかった、ロンドンに転居したシャルルとも疎遠になり、深い孤独を感じていた。どうしたらまた息を吹きかえし、

人生にまえ向きになれるのか？　力をぬいて流れに身をまかせ、無為の逸楽にふける
のがここちよかった。
朝は抗鬱剤をのみ、夜は眠るために錠剤をのんでいた。逃避するため。毎日の午睡
はありのままの自分になれる秘密の園だった。禁断の園。抑鬱症者たちの。いつも責
められる者、依存症者、眠りに逃避する者。変わり者でひとづきあいの下手な落伍者《らくごしゃ》。
睡眠すら生産性を高めるためで、無駄にしていいものはなにもない。オフィスでは自
室に鍵をかけて眠り、恥じていた。薬のせいで特殊な状態になかったら、欲求にせま
られていなかったら、こんな不謹慎な行為にふけろうとはしなかったろう。どうにも
できなかった。おさえられない欲望というより生きるために必要なことだった。抵抗
できなかった。無性にこがれ自分本来の世界に連れて行ってもらえた。二度ともどり
たくないと思うこともあった。

＊

手を目にかざし、ひじかけ椅子に横ざまにもたれたアメリは、うとうとと極彩色のイメージ、サイケデリックでバロックでむきだしの想念にあふれる眠りに沈み込んでいた。寝入りしなに数年まえからくりかえされる悪夢を見た。ファブリスと車に乗って橋をとおり、コントロールがきかなくなって海に落ち、徐々に呑み込まれていく。荒い息で目覚め、遠いところに行っていたような気がしていた。自分の人生のメタファーなのはわかっていた。朦朧《もうろう》としていた。ようやく現実にかえってあたりを見まわし、だるいからだを起こすと、どっと重みを感じた。眠っているうち忘れていたかのように。この家はヴァカンスのために夫と子供、畏れと絶望とともに借りていた。

*

目覚めたヴァンサンが身を起こすと、目のまえのバルコニーの向こうに海が広がっていた。村の広場の裏にあるちいさな家を借りていた。そこを借りるよう妻にせっつかれたのだ。彼はヴァカンスを取ろうとしなかったし、八月中、たいがい一家はパリにいるか妻子だけが出発し、駅まで送って帰宅すると、ようやくひとりになってこころも軽くうきうきした。一緒にいるのが気づまりで、家にいるときもひっそり自室にこもっていた。子供たちは九月に日焼けし元気いっぱいで帰ってきた。おおきくなっていた。ジュールは八歳、ジョゼフィーヌは三歳だった。

昨夜はベビーシッターを頼み、ソフィとふたりで夕食に出かけた。レストランはちいさな広場に面し、時代がかったロマンティシズムがあった。ソフィは夏らしいあっさりしたワンピースにサンダル履きで、ロゼワインを飲んでいた。痩せて、出会ったころのうつくしさと華やかさを取りもどしていた。

「ふたりっきりのディナーは久しぶり」と指摘された。「こんなにしっとり恋人同士の夕食を楽しめるカップルなんて、そうそういないと思わない？　あたしたち夫婦のきずなはつよいんだわ」

彼も飲んだ。ふだんやりつけないことだった。仕事のことやたわいもないことを話し、妻は幸せそうだった。

そのあと広場を歩きベンチにかけた。手を握ると、頭を肩にもたせかけてきた。

＊

アメリは太陽にきらめく海を見た。となりでファブリスが眠り込み、アルテュールは自室で遊び、ポーリーヌは昼寝をしていた。プチプチと音がした。ナイトテーブルにおかれた夫のｉＰｈｏｎｅの着信音。それは手の届くところにあった。はやる指で暗証番号を押した。生年月日を試し、当然ブロックは解除されて画面があらわれた。

この瞬間の重みは意識していた。夫の生活を暴き、疑念への答えを手にしようとしていた。ともに暮らす近くて遠いこのひとの、プライヴァシーと頭のなかに分け入ろうとしていた。だがちょっと気をしずめ、状況に対処するため胸の昂《たかぶ》りをおさえねばならなかった。音が鳴って起こさないようフライトモードにした。立ちあがり、バスルームに入った。あのひとには知りつくされている、とアメリは思った。わたしがなにをあくせくしたって、あのひとにだけはすべて見すかされている。わたしが自分の話をして、ほとんど忘れても、あのひとは忘れない。わたしが脇におき蓋をし葬ったものもすべてため込み、わたし以上にわたしのことを握られている。

こんどはあなたよ。この手に握ったのは。

どこから手をつける？

手っとり早いのは写真だった。真っ先に子供たちのヴァカンスの写真が目に入った。アルテュールの写真がたくさんにポーリーヌの写真はわずかにあるかないか。とびきりの父親ぶりを見せるためだけの動画。息子の宿題を見てあげている動画もあるが、あれは人生いちどの出来事だった。わざとらしく息子と仲のいいところを演じる動画。めちゃくちゃ話がわかってふざけん坊で「めんどー」なママを鼻であしらう相棒パパ。それから友人たち、オリエントな国のパーティでこれ見よがしにはじけ、それが場面にしらじらしさを醸《かも》しだす動画。さらにモナコのホテル客室の写真、なにも見えないナイトクラブの動画、医学会での発表の動画では、モリエール病院の医師の名に恥じない気どった口調で話している。ふいに目を奪われた写真の幼女は、不思議なくらいあのひとに似ているけれど、ポーリーヌではない。別の女の子。

アメリの胸が早鐘を打ち、手が震える。誰、この子？　かっと熱くなってメールを読み、冷たい汗が背中をつたって心臓がドキドキする。真実を知るまえにファブリスが目を覚ましたらどうしよう。

まずは、リザという女性とのメールを読む、たとえば、

「なんか、誰でもいいからメールくれって女がいるけど、きみもかい？」

「ちがう、なんで？」

「ネットで知りあうのはイカれた女ばっかり。きみもちょっとイカれてない？」

「そんなことないけど、誰かと一緒のときは、ときめいて震えたい」

「俺も。なかなか震えられないよね？」

＊

ヴァンサンが午睡から目覚めると、ヴァイブレーションが聞こえた。ソフィの携帯だった。子供たちとプールに出かけていた。携帯を手に取って見たい誘惑にかられた。いったい妻はどんな女なのか？　ほんとうのところ、どんな生活をしているのか？

まだ浮気しているのか？　手をのばして携帯を取ると、ふいに物音がした。とっさに携帯ごと布団の下に入れた。

ソフィが入ってきた。

「あたしの携帯見なかった？」

「ううん、どうして？」

「別に」と変な目で見られた。「どっかにおいたんだけど。あなたが取ってなければね？」

「取ってないってば」と、とぼけた。

手のなかで携帯が震えた。

「なに、その音？」

＊

アメリは携帯電話を手にリヴィングをうろうろしていた。電話が震え、「リザ」と表示された。数分後、写真つきメールが届いた。「クロエがパパに会いたがってます」。写真の二歳児は緑色のおおきな目、薄くきりっとしたくちびるに巻き毛、ファブリスに瓜《うり》ふたつの女の子。

突然、戸口に人影が見えた。起きてきたファブリスに見つめられていた。アメリはそくざに庭へ出た。ワンピースをすとんと脱ぎ水着になって、携帯電話をもったままプールに飛び込んだ。

「なにやってんの？　頭、大丈夫？」とファブリス。

「誰？」携帯の画面を見せて訊いた。

「知らない。なんの話？」

「誰か言わなきゃ、この携帯、水に入れるから」

携帯電話をふって、プールに落とすしぐさをしてみせた。

「この写真の子、誰？」

「さっさと返せ。それは仕事道具だ。急患が入ったらどうするんだ」

「急患？　ヴァカンス中に？」

プールから携帯を突きつけた。

「リザって誰?」

「リザ……ああ、看護助手だ。わかった? 手伝ってもらってる、それだけだ」

「なんの手伝い?」

目のまえのファブリスはかっかと逆上し携帯を返すようせまった。

「言っちゃいなさい。リザって誰?」

「ただの男たらしだよ。やられた」

「いつ? どうやって?」

「おまえのせいだ。鏡見てんのか?」

傲慢、尊大、軽蔑的。怒りにわななきながら悟った。

「あなたの娘?」

「は?」

「顔見れば一目瞭然じゃない? この子、あなたの娘ね?」

「知らないよ、リザと娘なんか。どうだっていいんだ。わかった? 黙って産んでたんだ。ひとりで勝手に育てりゃいい。俺の家族はおまえたちだ。わかってくれたら、俺もおまえも先にすすめる」

＊

数時間後、ヴァンサンはカフェにいて、ソフィの携帯でフェイスブックのプロフィールを見ていた。ネット上で出会った愛人たちとやりとりしていた。ほほ笑むソフィ、水着のソフィ、ビーチで、パーティで、女友だちと、そして妊婦姿のソフィ。ソフィが女児出産。ソフィ、ソフィ、ソフィ。

＊

人生は流砂のうえに築かれた巨大な渾沌《カオス》、そこに、まだ幼い子供たちとはまり込み、この先どうなるのか見当もつかない！

夫とリザという女性のあいだに子供がいたなんて、夫が堕ろさせようと躍起になって、一万ユーロの慰謝料すらもちかけたあげく女性も娘も棄てたなんて、誰に想像できたろう？

＊

「ほんとに、ほんとに、、、理解してもらいたいんだけど。うまく説明できるといいんだけど。あたしは男のひとにちやほやされて一瞬でも生きてるって実感できなきゃダメなの。ちょっと理解してみてもらえない？　あてつけじゃない。そもそも、たいしたことじゃないし、深い意味もない……。必要だから自分のためにやってるだけ。これがあなたに理解できれば、あたしたちまた一緒にやりなおせる」

＊

ふいにアメリは夫の携帯電話で見た大量のなさけないメールの言葉に動揺したのを思い出した。

「誰かと一緒のときは、ときめいて震えたい」

「俺も。なかなか震えられないよね？」

〝なかなか震えられない〟。人生にはたくさんの出会いがある。たくさんのひとときあえるのに、わたしのこころを震わせるのは世界中でたったひとり。

そこでアメリは携帯を取りあげ、ヴァンサンにメールを送った。SOSのサインのようだった。会って話したかった。人生について、この悲惨な人生について。

＊

ちょうどヴァンサンはアメリに携帯メールを書こうとしていた。こう言いたかった。

愛ははかなくて永遠、瞬間的でずるずる引きずり、壮大でさもしく、姑息《こそく》で寛容、強烈で凡庸、やさしくて残酷、真実であり嘘、熱狂であり分別、率直さでありごまかし、自由奔放であり権謀術策、愛撫であり乱暴であり、高貴で堕落していて、豪華で貧相、よろこびと悲しみ、幻想と現実、希望と絶望だ。

くぐりぬけてきた変遷をつたえたかった。笑いが涙、言葉が沈黙、会話がうらみつらみへ、歌声が怒号、深みが見せかけ、恍惚《こうこつ》が無感動、独占欲から厄介ばらいしたい欲求へ、甘い夢から悪夢、欲望が嫌悪、快楽が苦痛、官能のよろこびが怖気《おぞけ》、相手を想う妄想が相手を殺す妄想へ、理想があきらめ、夢が現実、切っても切れない仲が呪縛へ、いとしいひとから兄そして憎い兄へ、恋人から母、妹、いとこ、いとこからおとなりさんへ、市役所から裁判所へ、ポエムが罵倒へ、愛のささやきがわめき声、わめき声が弁護士の手紙へ、ロマンティシズムがシニシズム、行動《アクション》が服従《スミッション》、感動が幻滅、驚きが陳腐、あっという間に過ぎた時間が沈滞へ、ひとりになるなどありえなかったのが生きるための必要へ、個人から一般、独占から分配、信頼感が恐怖感、崇拝が見くだし、瞠目《どうもく》が軽蔑、いたわりが破壊、幸福が不幸、絶望へ。ひょっとして、こんなことはまったく愛ではないのかもしれない。愛とはなんの関係もないのかもしれない。情緒の問題でも、エロティックな接触でも、友好的なものですらないのかもしれない。たんなる時間の問題の問題だった。出会ったとき、妻がたまたま余分な愛情をもちあわせ、愛するひととの出会いを夢見、子供を欲しがっていた。時機《カイロス》とか巡り合わせのような些細《ささい》なことで人生が左右されるのに、頭でっかちのせいで大仰に「愛」などと言っているだけの話。とりわけ彼女にこう言いたかった――何度でもひとを愛することはできるけど、真の愛はひとつだけ。


「アメリ、元気?」

「あんまり、あなたは?」

「僕もあんまり……」

「いまパリ?」

「いや。ソフィと子供たちとヴァカンス中」

「いいね。みんなを旅行に連れてきたんだ」

「それでも妻にはじゅうぶんじゃないらしい！」

「文句言われる？」

「文句ばっかり言われる」

「まあ、お気の毒！」

本音はよろこんでいた。些細な言葉尻や曖昧な物言いをとらえては、まだ自分たちにも脈があると思おうとしていた。

「帰りはいつ？」と訊いた。

そこで彼が切りだした。引っ越して、いまはパリじゃなく香港に住んでいて、自分の会社を拡張していて、一大決心して新生活をはじめたけど、気に入っている。仕事は大変だけど。この次パリに寄るときは電話する。会えるといいな。

この口ぶりに愕然《がくぜん》としていた。引っ越すまえに相談ひとつなかったことに憤慨すらしていた。相談されたらダメと言っただろう。ダメ！　どうしてこんな仕打ちができるの？　外国へ行ってしまうことを知らせてもくれなかった！　わたしのことなんて、こんなつまらない人間のことなんて考えてくれないのね。わたしの気持ちも人生も、この平凡で悲惨な生活も、なにをしていようがどうだっていい。愛してないんだから当然！

かっと目を見ひらき、まぶたを引きつらせながら、夫の裏切りと子供の発覚より、こんな些細なことで打ちのめされている、そして実際、愛なんて存在しないのだ、と思っていた。

13

アパルトマンは真っ暗だった。ソフィはひとり寝室で眠っていた。となりの部屋でジュールが目を覚ました。家のなかで物音がした。誰かがドアを開けようとしていた。震えながら起きあがり、妹が目を覚まさないよう忍び足で見に行った。闖入者《ちんにゅうしゃ》は廊下をぬけダイニングルームに入ると、ひきだしを順に開けていったが、宝石も金も盗らず、別のものを探していた。少年は身をひそめこわごわ注視していた。

ふいに男が目あてのものを探りあてた。アルバム。iPhoneのランプをたよりにページをめくって結婚式、ヴァカンス中の子供たち、日常風景に目をはしらせた。

そのときになって、ジュールは父だとわかった。

ほのかな光のなかヴァンサンは結婚式のアルバムを見ていた。なんという変わりよう。いまの自分は老け込んで、髪は灰色、目のまわりには皺が刻まれ、頬もこけ、ここ数か月は食欲もなく体重も落ちていた。だからほとんど二十代のからだつきにもどっていた。

しかし、どうしてプロポーズなどしたのだろう？　愛していると思い込んでいた。たしかにワンシーズン、一時間、一分間は愛していたのかもしれない。魔がさしたか、家族のプレッシャーやしつけのせいもあった。繊細な気くばり、品のよさのせい。両親と、敬服していた義父をよろこばせるため。

いや、それだけではない。別れようとした矢先、妊娠を告げられた。アクシデント？　たぶん、だが愛してないとかは問題でなくなった。むかしからそう教育され、すり込まれてきたのだ。やがて妻と同時に腹が出てきた。仕事に打ち込み、読書し、夜明けまで苦悩にさいなまれていた。つねにつきまとわれる畏《おそ》れ。ずっと黙って苦しんでいた。へだたり、沈黙、わめき声、わが人生とはいえ自分のものですらないこの人生の不公平、疎外感、悲しみ、ときには怒り。愛に飢えていた。くじけず、自分がした誓いにも、妻にもなんとか忠実であろうとしたが、魂を失った。日ましに虚《うつ》ろになっていった。陰鬱で痛々しく不幸だった。妻はもう劇場での役はなく、ただ自宅を舞台に「じゃじゃ馬ならし」を演じていた。家で待ちかまえ、ますますとげとげしく、わめきっぱなしで子供にも金切り声をあげ、自分はやるべきことを命じられ実行した。いつも子供たちに怒っていた。妻は畏れられ、自分は畏れられていなかった。役が逆転しているようだった。それでも幸福なひとときは、夏のヴァカンス。家族を連れてヴァカンスへではなく駅へ送り、自分は仕事でパリに残るときだった。あの発覚の夏以来、家族で旅行に出ることはなくなった。だが、ひとりで頻繁に家をあけるようになった。異動でニューヨークから帰国したあと、ロンドンにはちょくちょく出張していたが、香港滞在のあと移り住んでいた。今回は空港から自宅に行きそびれた。ホテルにスーツケースと重いこころをおき、夜になってから身のまわり品とアルバムだけ取りに来ていた。

ヴァンサンが顔をあげると、息子と目が合った。ジュールは理解していた。息子を数分間抱きしめた。必死で涙をこらえた。それから、ソフィが目を覚まして騒がないうちに、急いで眠っている娘にキスをしに行き、バッグに身のまわり品とアルバム、そして本を一冊だけ書棚からぬきとって入れた。若いころの、なぜか記憶に刻まれたあの日からもっている、名前と電話番号の書きつけられた本。そして、泥棒のようにこっそり自宅を出た。

　翌日、ソフィにメッセージを送り、その日の夜に到着予定のパリ行き列車に乗った。携帯電話から罵りや懇願、脅しが騒々しく吐きだされ、ブロックした。

　どうしたら、これほどながくつづいた関係を自己否定せずに破棄できよう？　どうしたら道をあやまったことを認め受けいれられよう？　もうずっとまえから夫婦とはいえなかったことも、最初の子を不注意、ふたり目は義務でつくったことも？　どうしたら自分にも他人にも納得させられるか？　義父と築きあげ飛躍的に成長している会社をどうして解散できよう？　おまけにテロが頻発し、ますます物騒になる街で、将来の不安にもさらされている。かつて住んでいたバック通りにあるバーにすわっていた。客たちはiPhoneをテーブルにおき、飲んで談笑していた。今夜、誰と会っていいかわからなかった。手のうちに世界があっても友人がいなかった。たびかさなる旅行、転勤、結婚後はさらにつきあいがなくなっていた。両親は高齢で相談なんかして心配させたくなかったし、申しひらきもしたくなかった。親友シャルルとすら、もう会っていなかった。両親も親戚も友人たちも、妻が遠ざけてきた。世間から孤立するように閉じこもって生活していた。ひとりだった。ビールを一杯、二杯、そして三杯飲み、ふいにこころがはやった。外に出た彼は一見、落ちつきはらっていたが、ひそかに昂《たかぶ》っていた。フェイスブックとインスタグラムをチェックした。彼女がいた。ストーリーでアメリは書店に作家を招いていた。モノクロ、清楚《せいそ》で気品があるアメリの写真。それにパリの夕日、雨、虹、冬。明るい色の木製書棚のおかれた彼女の書店。ブックフェアで。夏、海を背景に。冬、スキーウェア姿で。カクテルパーティ、ディナー、コンサートで。口もとにほほ笑みをたたえ、瑞々《みずみず》しく甘い雰囲気。人生、愛、書くことについてのコメントは繊細でメランコリック、だんだん哲学的になっていく。アルベール・コーエンから引用し、リルケから引用する。つねに変わらないアメリ。そして、写真にいつもひとりでうつっているアメリ。

胸を高鳴らせてフォロワーに登録し、数分後向こうも登録してきた。だからインスタグラムにメッセージを送った。

「パリジェンヌ?」

「性懲りもなくパリジェンヌ。で、あなたは?」

「帰ってきた」

「ずっといるの?」

「今回はね。一杯やるには遅すぎる?」

「そんなことないけど、子供がいるし、あした早いの」

「じゃあ二、三時間はある……」

「つまり? わたしはパジャマを着るべきか、目覚まし時計をセットすべきか」

「両方かな。でも、どうしてパジャマ?」

「だってお風呂あがりだから、もう外出の仕度は嫌」

「あ、そうか……じゃ、おやすみ、アメリ!」

「待って、パジャマで一杯やれないなんて誰が言ったの?」

「たしかに、誰が言った?」

「あなた、かな」

「僕?」

「いまパジャマ着るから、会おう」

「どこで?」

「エッフェル塔の下?」

「いいよ」

「本気?」

「おおまじめだよ」

「十分後、エッフェル塔の下で」


その夜、エッフェル塔は自分の足もとで落ちあうふたりにびっくりしていた。エッフェル塔はすらりとして喜色満面できらきら輝き、かつてなくうつくしく超然として異彩をはなち、プレヴェールなら小鳥《アトリ》のように陽気と言いそうだった。たとえアトリが陽気でなく、そもそも陽気でも陰気でもないにしたって、機会はなんにでもあるのだから。

彼女に訊いた。元気、どうしてた、書店の経営はどう？　アマゾン以降、苦戦している。本はオンラインで注文するものになった。この先どうなるのかわからない。離婚以来ひとりで子供を育てている。ひとり？　動揺し混乱した。だからまじめに、どんな調子か訊いた。どうなっているのか。知りたかった。なにを？　いまフリーなのか？誰か決まったひとがいるのか？

　が、話の途中で突然なにも耳に入らなくなって、彼女をつよくもとめていた。深いよろこびと悲しみに眩暈《めまい》のようなものをおぼえていた。一緒にいるのがたまらなくこちよく、会えてしみじみうれしかった。説明したいこと、つたえたいことが山ほどあって、どんなにつよく思っているかわかってほしくて、胸に抱き身をからめ口づけしたかった。ひと晩中でも、一生涯でも。

　だから相手の話もそっちのけで口にしていた。愛してる、ずっとまえから、最初の視線のすれちがい、沈黙、しなかった口づけ、最初のさよなら、会えずじまいの待ち合わせ、かけなおさなかった電話、最初の誤解、最初の旅立ち、最初の結婚、最初の子供、最初の離婚から。ずっとあこがれ、ふれるのもはばかられる手の届かない存在だった。知りあって二十年？　二十年秘められた愛、手をふれ、いま氷解しようとする二十年の他人行儀、二十年にわたる視線、ランチ、堂々めぐり、言いそびれ、そして二十年にわたる願望が怒濤《どとう》のようにほとばしって大海となり、いま距離が解消することに感きわまって泣きたくて笑いたくて、彼女を見つめ、彼女を糧《かて》に、彼女のために彼女とともに、彼女をとおして生きたくて、つまり、彼女のまえで飲み食いするのではなく、彼女を飲み食いして、彼女の生きる姿を見る感動を糧に生きたかった。

重大な瞬間だった。だがアメリは待ちわびていた言葉の意味をろくに考えようともせず、相手の姿も見えず、声も聞こえず、わけがわからなくなっていた。彼への愛は二十年このかた日々生きつづけ、ふくらみ、震え、おののき、畏れ、照り、翳《かげ》り、ため息をつき、やきもきし、いら立ち、飢え渇きながらも死んでいなかったが、幻滅とまではいかなくとも迷うことをやめていた。

だから、燦然《さんぜん》と輝くエッフェル塔の消灯に乗じて姿をくらまし、息を切らして心臓が破裂するくらい全速力で走った——パジャマにスニーカーだったから。

14

エッフェル塔での告白、興奮、夜の疾走のあとアメリはへとへとで帰宅した。待ちわびていた言葉と行為が、よりによってなぜ今夜、現実のものになったのかわからなかった。眩暈に襲われた。そのままベッドに倒れ込み、困惑し茫然《ぼうぜん》自失の体《てい》で眠りに落ちた。

数か月まえ、オベルカンフ通り一〇九番地にある、ながいステンレスカウンターの向こうにボトルがぎっしりならぶ、いかにもパリ的なカフェ・シャルボンでジェレミーと会った。

赤黒い色、血の色、フランス色のなが椅子にすわって待っていたのは、褐色の髪、燃えるような黒っぽい瞳に浅黒い肌、笑顔がすてきでひきしまったからだの美男子。

「こんにちは、アメリ。きみでよかった、入ってきたとき思ったんだ。ミーティックのひとだといいなって!」

単刀直入に本題に入った。彼女は離婚歴があり、彼は独身で年下、ふたりとも相手をもっと知りたいと思った。

彼女は離婚後、ひとり無一文で出なおした。元夫の弁護士との交渉で子供の親権を勝ちとるため、出せるものはすべて出した。ファブリスは離婚において、結婚におけるよりさらに残忍な本性をあらわした。すべて奪われた。貯金で買ったアパルトマンも。残されたのは、書店とますます売れなくなっていく本だけだった。ながい年月をかけて築きあげたものを失った。夫に幼い娘がいて、見棄てたと知った日、愛もその延長の理想もカードの城のように崩壊した。

だから子供たちが父親宅へ行って孤独な夜、クララに勧められた出会い系サイトに登録した。たちまちたくさんの人物、人相、風体がぞろぞろとカードゲームのようにあらわれた。写真に横顔、正面、ときには後ろ姿、顔か全身がうつった男、男、男。

画面上を何メートルかスクロールするだけで可能性がざっくざく。孤独と絶望の淵にふってわいたような希望！

だからオベルカンフ通りのそのカフェへ、初めての顔合わせに出向いたのだ。一緒に一杯、二杯、三杯飲んだ。遅くなり、家まで送る、とむかしからの恋人みたいにごく自然に言われ、アパルトマンの下にとめた車のなかで、気ごころの知れた者同士、毎晩しているみたいにキスし彼の胸に身を寄せた。ミーティックの出会いがお手軽、簡単、電光石火、あと腐れなしなのは知っていた。だが翌日電話が来て、その晩も会いたいと言われ、会えないと言った。怖くなって身がまえた。もう苦しみたくなかった。すると、彼はくいさがった。電話を切ったあと、望みもとめられたのがうれしくてぼうっとしていた。同じカフェでまた顔を合わせたとき、お互いなにを話していいかわからなかった。彼を見つめた。目が魅力的なカーブを描き、口もとが繊細でハンサムだった。握られたとき手を引っ込めたが、車のなかでキスされそうになったとき、するにまかせた。

だから携帯メールがいくつも届いて、待ち合わせをいくつもキャンセルし、接点がないし彼は若すぎると思い、もうメールのやりとりはやめようと告げた。うつくしくすばらしいことをみすみす取り逃がしているとわかっていても、愛することができない以上どうしようもないと考えていた。ぱっとしない暗い日々が流れた。そんなある晩、バスティーユで学生時代の旧友とあつまっていた。むかしから連絡を取りあっていた者、フェイスブックで連絡先がわかった者がいた。クララは四十五歳で恋愛も仕事も波乱万丈だった。ほかの者は結婚し、子供をもち、離婚し、再婚してまた子供ができたりできなかったり。みんな片づき片づきなおし、人生にもまれ傷ついていた。

パーティの輪のなかにジェレミーがはにかみながらうれしそうに到着し、アメリに挨拶《キス》するため身をかがめてきたとき、鼓動が速くなった。だから一見あたりさわりのない会話が、ふたりにだけは特別の意味をもっていた。

「式のとき、もう結婚したくなかった。行くぞって手を引っぱったのは父なの」

「どうして嫌になってたの?」

「とんでもないまちがいをおかしている気がして」

「じゃあ、なんで結婚したの？」

「だって、愛していたひとは別の女性を愛してたんだもの」

そしてあのひとはさよならも言わず行ってしまった、と思った。きっといまごろわたしのことなど忘れているし、わたしの思い出のなかの彼だって、遠い記憶みたいに色あせている。もう頻繁には考えない。以前のようには考えない。あのひとには子供もいる。要するに愛されていなかったのだ。そう思ったとたん胸のつかえがとれ自由にひとを愛してもいいような気がした。


カフェを出たときは手をつないでいた。車のなかでは、初めて会ったときのように抱きしめられた。そして、このきらめくエッフェル塔に照らされた河岸で事態は急転した。

新しい生活がはじまった。子供たちに夕飯を食べさせ寝かしつけ、急いで入浴し、服を着て化粧をし、家を出て落ちあい、キスし抱きあい、それから急いで夜明けまえに帰宅する。互いを深く知っていった。彼女の両親のこと、学生時代、書店、離婚、彼女にとってすべてである子供のこと。郊外で育った彼の子供時代、父親がやっていたちいさなレストラン、家族、住んでいた一軒家、庭、仕事のこと。彼は車のディーラーだった。

ある晩、ふたりのお気に入りでいまや行きつけになっていた、オベルカンフ通りのビストロに誘われた。

「正直に言っておきたいんだ」と切りだされた。

「なに？」

「じつは、言いにくいけど、知っててほしい。俺は教養がない。本なんてぜんぜん読んだことないし、高卒資格《バック》もないし、話聞いてると、わからない言葉がいっぱいある。俺のこと誤解してほしくないから、知っておいてほしい」

その瞬間、このひとがいとしいと気づいた。社会と家族そしておとぎ話が築いた牢獄から解放されたあと、こころが干からび愛など死んだと思い込んでいた自分、人生に船出し結婚し子供をもち、愛してくれなくなった夫を愛せなくなり、すべてがどうでもいいと思っていたのに、このひとに見つめられてよみがえっていくみたい。自分自身とも、愛や人生賛歌とも和解しようとしていた。

住所はなくとも場があった――車、セーヌ河岸、レストラン、彼女のアパルトマン、街区と通り、住所はなくともパリ全土がふたりのものだった。子供が寝る家に、遅く帰るときセーヌ河がたたえる光も。春ひっそりとピクニックができる公園も。ひとけのない八月のエッフェル塔。雨がちな秋、石畳の光るマレ地区。しっとりとした絵になるサン＝ルイ島。凍てつく冬に、最高のエッフェル塔が一望できるトロカデロ広場。パリは変容し、強烈に現実ばなれした幻想のパリ、夢の街になっていた。

こうしてヴァンサンのことは忘れていた。電話が来て、エッフェル塔の下で思いがけず待ち合わせをするまでは。だから逃げた。昼も夜も頭をはなれなくなった愛するひと、そして新しい人生に向かって全速力で走った――だって妊娠していたから！

15

エッフェル塔での待ち合わせのあと、ヴァンサンはながいあいだ夜の街を歩いた。アメリがどうしていなくなってしまったのか考えていた。きっと僕のせい。引かれた。好かれていなかった。彼女はフリーだと思い込んでいたけれど、そうではなかったのかもしれない。

読みをまちがえた。愛と偶然の奇妙な人生ゲームを見きわめられず、自分自身の感情をこんなにながいあいだ勘ちがいし、こんどは僕をもとめていない女性に愛の告白をしてしまった。彼女と僕、僕向きでも彼女向きでもなかった。避けているのは自分のほうだと思っていたが、こっちが避けられていた！

いつしか真夜中のソルボンヌ広場にいた。ここで初めて出会ったのは、きのうのこと、二十年もまえのことだった。すっぽかされたのは前兆、運命だった。けれども廊下の列にならびながら目が合ったのだ。子供っぽく無邪気で初々しく人生のとば口に立つ彼女に、どれほどこころを惹かれたことか。初めてかわした言葉、ほほ笑み、たわいもないことをなんでも、愛についてもひと晩中おしゃべりしたのを思いかえした。ふいに、あの晩、端的に恋に落ち、知らずにいたのだと悟った。一目惚れがおさまらずに最初の日からつづいているようなもの。あの日、きれいだと言った。その瞬間すべてが一変していてもよかったのだ。手を握り、キスしたかった。話しつづけないで口をつぐむべきだった。度胸がなかった。急ぐことない、時間ならこの先もある、と高をくくっていた。そして朝四時に店を出たとき、自分の部屋に連れて行きたいという考えが、もちろん頭に浮かんだけれど誘いそびれた。性急かもしれないと思った。先ばしりたくなかった。だから彼女は、タクシーの窓からちいさく手をふって帰っていき、自分は家に向かって歩きながら、にわかに幸福感に満たされたようなうれしく軽やかな気分になっていた。彼女だ、と気づくまであんな感情はずっとおぼえていなかった。いったい、こんなにながいあいだなにが起きていたのだろう？　いたずら者の神様か意地悪な妖精がふたりのあいだに入り込んで、僕の考えを額面どおりに実現し、残酷におしおきされているのだろうか？

広場はがらんとして静かだった。男が石畳で眠っていた。自分もスーツケースひとつで家を出てきた。あわれな男のとなりで横になってもよかった。自由で途方に暮れていた。あてもなく街へ歩きだした。慣れ親しんだ曇天のパリ、ロマンティックなパリ、ノスタルジックなパリ、そして気のふさぐパリ。十三区の港湾倉庫の建ちならぶあぶない雰囲気のパリ。どんより雨がちで時間が引きのばされた日曜日、どこも閉まっていて、なにをしていいのかわからないパリを嫌というほど知っていた。すべてが息を吹きかえし活気を取りもどす四月のパリ。雪の日のパリは交通マヒ、スリップしないよう車がそろりそろりとすすむ。夏、通りにひと影もなく商店は閉めきり、パン屋も魚屋も、書店さえ開いていないパリ。妻と子供がヴァカンスへ発ったあと、完全に孤独になる八月十五日《聖母被昇天祭の祝日》。どの街区も静まりかえっていた。開いている店一軒、パン屋すらない。まるで廃墟の街。解放感と孤独、畏れと充実感の入りまじった不思議な気分でセーヌ河岸を歩いたものだ。パーティもした。浮かれた夜、沈んだ夜、さまよう夜に眠れぬ夜。朝のゲンズブールの歌。煙の立ちこめるバーのふくみ笑いと哄笑《こうしょう》。エリート学生の殿堂サント＝ジュヌヴィエーヴ図書館の緑色のランプシェードのもと、勉学にいそしむパリ。貧困にあえぎ、腹をすかし、たいがい凍えているパリ。富を秘めたパリ、贅《ぜい》をつくした館、堂々たる邸宅、広々としたテラスをそなえたパリ。

　嵐でドアがバタンと閉まり、窓が揺れるパリ。ごったがえし凍てつく大晦日の夜のパリ。陽気に浮かれる狂騒の二〇年代《レ・ザネ・フォル》のモンパルナスを夢見ていた。アーティストがともに暮らし、歌い踊り、夜明けまで絵を描き、執筆し、お祭り騒ぎをしていた時代。夜、眩暈をおぼえつつセーヌ河をわたって帰るのが好きだった。それから夏の夕べにタクシーの窓からエッフェル塔を眺めること。テラスで通行人を見ながらたそがれを味わうこと。気候変動で猛暑にあえぐ夏、肌寒く雨がちな夏。秋は夏の味がした。なかなか来ない春。いつ冬がはじまったのか、四季の境目もわからなくなった。尺度を失っていた。鳴りをひそめていた存在論的危機が明らかになりつつあった。人生なかばにして、愛なしに生きる意味があるのか自問していた。

16

「どうなっているんです？　三年でこんなに収益が落ちますか？」

「本が売れないんです。誰も読まないんです。バスでも電車でも、待合室でだって。誰も読まないから雑誌をおかない医者もいるんです。寝るまえにも読書しない。わたしだってもう読みません！　教養番組も「おおきな本屋《ラ・グランド・リブレリ》」以外は全滅でしょ。観るひとがいないんですよ、読まないんだもの。だからなんにも売れないんです！　いまじゃ本はたいがい五百部どまりです」

「そんなにひどいんですか？」

「みんな携帯見てるでしょ、あなたやわたしも。フェイスブック、インスタグラム、ソーシャルネットワーク、ティンダー。そればっかり！　まだある。ひどいのはネットフリックスです。ネットフリックスにとどめを刺されたんです。みんなひいきのシリーズドラマに夢中でしょ」

「たしかに、僕はシリーズドラマしか観ません。「YOU」観てます？　いいですよ」

「「ザ・スパイ」のほうが好み」

「それ、いいですか？」

「ええ、ほんとハラハラしちゃう」

「じゃ「ハウス・オブ・カード」の最新シーズンは？」

「イマイチ。「スキャンダル」のほうがマシ」

「で。どうするおつもりですか」

「わかりません。どうすればいいでしょう？」

「まずは経費削減です。このままで立ちゆかないのはおわかりですか？」

「もう考えてます。倹約してます。服はZARAとH&Mでしか買わないし、狭いところに引っ越したし、移動はバスと地下鉄だけ。これ以上切りつめられません」

「経費削減が無理なら、儲けの出る手だてを考えないと」

「どんな手だて？　言っときますが、うちは書店です。どうしろってんですか？」

「そう言われましても。ただ銀行としてはもう対応できない、と申しあげてるんです」

「対応できない？　でもうちは十五年来の顧客よ。景気がいいときも悪いときもずっと顧客だった。それにすごく繁盛した時期もあるのは、よくご存じでしょ」

「離婚後はさっぱりですね。金融・経済危機でどこも厳しいんです、この収益では書店の維持どころか、ご自分の生活費さえまかなえない。負債をかぶることはできません。うちは銀行で、信用貸しじゃないんです……。ほかの本は売れませんか？　売れる本とか？　ベストセラーは？」

「売ってます。紙、ペン、カードにアクセサリーだって！　店をコンセプトストア風にしてきました。でなきゃつぶれてます」

「いいアイディアです！」

「それだけじゃ、ダメなんです。顧客係の方とは人間的なつきあいがあるの、だから顧客でいたいのよ、できれば」

「承知しておりますが……残念ながらこの二年は赤字つづき……はっきり申しあげる

と銀行の方針が変わりまして、別の針路をご提案したいのです……」

「別の針路？」

「ええ、つまり出口です。おわかりですか？」

「よくわかりました。店を閉めるまでに残された時間は？」

「大晦日までです」


金も子供も失ったアメリはマレ地区のちいさなアパルトマンに帰った。書店は倒産寸前だった。元夫はえげつなく子供たちをまるめ込んで母親に不利な証言までさせ、共同親権を勝ちとった。ファブリスからは日常的にメールが届いていた。愛人と娘は棄てたのに、三人の子持ち女性と家庭をつくり、いまや自分の子供がくわわった円満家族ぶりは、ワッツアップに元夫がつくったグループ「幸せファミリー」で披露されていた。幸せファミリーは四輪駆動車を乗りまわし、ヌイイに住んで、世界のはてへヴァカンスに行くが、子供たちは放任で、ネットフリックスを見まくりゲームをし、電子タバコを吸ってもおとがめなし、宿題のチェックも睡眠時間の管理もされていなかった。彼女のうちに来るときは、腹をすかせ壊れていて攻撃的だった。父の家に泊まる奇数週、母の家に泊まる偶数週を意識するあまり、数学では二十点満点の二点を超えることがなくなった。二週間、子供ふたり、ふたつの家、学校では二点。子供たちの生活はすべて二。携帯電話の番号にまで2がたくさんあった。なんでもふたそろえ持っていた。学校で使う教材、衣類、誕生会、そして家族。メガネも両用、ノートも宿題も友だちも、考えも夢も願望も、過去も未来も、そして自分が誰かも忘れたってかまわない。一週間、子供たちはインスタグラム、フェイスブック、ワッツアップを午前三時までやり、次の一週間は勉強した。一週間はフォートナイト（二〇一七年に発表されたオンラインゲーム）、次の一週間はピアノをプレイした。フランス語で二十点満点の十八点取ったかと思えば、次は二点。頼みもしないのにふたつに切り分けられたあわれな子たち。ふたつに裂かれたあわれなこころ。両親の離婚もそのとばっちりをくうことも望んでいなかった。子供は共同親権なんてこだわっていなかった。望んでいたのはただ、争いが終わること。子供をめぐる争い、男女の争い。子供たちの日常に組み込まれた争いを見るという敗北。子供たちの成長を見るのは痛々しくも甘く、いっそすべてをなげうって子供たちと世界のはてに雲隠れしたくなることもあった。

彼女自身は半分妻、半分ママ、なかば父親なかば母親、なかば本屋でなかば教師、子守であり料理人。一週間は宿題、学校、食事とゲーム、家庭生活にささげられ、もう一週間はあいていた。共同親権のおかげでふたたび自由を手にしていた。友だちと会う時間ができたから、友情も。

生まれるはずだったのに胎内で死んだ子を悼《いた》み、三年がたっていた。それは言葉にならず存在もしないけれど、ありったけの夢をはらんで厳然としてそこにあるもの。生まれてこない赤ちゃん、流れた胎児、砕かれた夢、ジェレミーの子、あれほどもとめていたものが、あとにも先にも、思い出のなかにしか存在しない。女の子だったり男の子だったり、想像上の赤ちゃんは無限の顔と無限の可能性をもっていて、いとおしむ気持ちはリアルでもあり非現実的でもあった。

妊娠を知らされたジェレミーは去った。はめられたと思ったのだ。子供は欲しくない、若すぎる、こころの準備ができていない、と言われた。結局赤ちゃんが生まれなかったことは知ったのか？　わからなかった。二度と連絡をくれなかった。夫が愛人と自分に瓜《うり》ふたつの娘を棄てたように、ジェレミーに子供と一緒に棄てられていたのだろうかとしょっちゅう考えた。疑問に執拗にさいなまれていた。どうしたら自分の子供を棄てられるのか。都合、畏《おそ》れ、卑怯さ、無頓着、残酷さから……。

流産した子、そして半分だけ親権のある子、父親にあやつられた子の半分だけ母親だった。赤の他人みたいな子たちを自宅に泊め、もうひとりの子は頭のなかに埋葬されていた。非現実的な息子たち娘たちを、いとおしむ気持ちはリアルだった。しかたない。かつては子供がまるごと自分のものだった。いつの間にかいなくなっていた。かつてはいとおしくてしかたなかったのが、そうではなくなっていた。泣きすぎて、こころが干からびていた。

銀行員との面談の帰り、子供の同級生の母親が、自分の子を三人連れて道をとおるのとすれちがった。気まずそうに目を伏せられた。よく知らないこのひとは、わたしに不利な証言をするのに一肌脱いだのだった。嘘と偽善、虚栄と嫉妬……。

家について入浴し、夕食へ出かける仕度をした。鏡を見た。五十代になり額と目のまわりには皺ができ、目はより険しく賢《さか》しく落ちつきをましていた。顔にもからだにも必死で抵抗している時間の痕跡が刻まれていた。瑞々《みずみず》しくあるため水ばかり飲み、スポーツに励み、髪を切り、服装はシンプルにジーンズと白いセーターに、スニーカー。

親友クララの家に呼ばれていた。学生時代にアパルトマンをシェアし、その後会わなくなっていた仲間たちをあつめていた。久しくオンラインカレンダーでスケジュール合わせもしなくなっていた。アメリはぜんぜん気のりしなかったが、行くしかない。愛もひとづきあいの茶番も友情もむかしの仲間も、どうでもよくなっていた。先が見えず、疲れ、なぜ生きているのか、そもそも人生とはなんなのか、わからなくなっていた。老いた両親に会うためベルネに帰省すると、田舎の静けさに傷ついた魂が慰められ、そう悪くもないと思えた。年とともに両親は角がとれ愛敬が出てきた。両親と和解することで自分自身や子供時代をこころ穏やかに眺められるようになった。両親はともに暮らして六十年。年月とともに折りあいをつけられるようになった。それが正しいのか、まちがっているのか？

ウーバータクシーでパリを走った。通りの名前で夢想に誘われた——ローザ《バラ》＝ボ《幸》ヌ《福》ール通り、デュー《神》通り、サント《聖》＝フェリ《祝》シテ《福》通り……。八区の一直線にのびる大通り、中世からある通り、バスティーユ広場、レピュブリック広場、ナシオン広場すら好きだった。区の境界を越えることは旅といえるほど、街なみも人々もさま変わりする。かつて住んで習慣や友人を開拓した界隈、なじみの野菜売りや行きつけのマルシェ、スポーツジムがある界隈はどこも好きだった。

ブドウ畑と街灯、上り道に下り道、うらぶれた家、団地に瀟洒《しょうしゃ》な界隈、廊下に共同トイレがある屋根裏部屋、数かぎりないアパルトマン、河岸通り、夕暮れの光、夜……そして眠れぬまま迎える朝、暗い空がしらじらと明け鳥のさえずる早暁、石畳の鳩、わびしい冬の公園、リュクサンブール公園、荘厳なヴァンドーム広場、橋、夜、河岸、手紙がなくなっても不滅の郵便配達夫、本がなくなってもなお存在する書店、古本屋台、往時の遺物、美術館、交通渋滞、口づけする恋人たち、そして絵はがきのような景観のためにパリを愛していた。甘い言葉とくすぐり、充実した土曜にひっそりした日曜。引っ込み思案の彼女だから、扉が閉ざされているときまだ迎え入れてくれるパリ。パリについて口にしたり目にしたあれこれ、このはかりしれないメランコリー、古いものへの憧憬、ノスタルジー、パリを見るととらわれるこの夢想のために、パリを愛していた。

結局クララのアパルトマンで旧友とうれしく再会し、マッシヴ・アタックを聴きながら思い出話に花を咲かせ、大宴会や同居人たちのこと、三か月住んでいたあのドイツ語圏スイス人かクロアチア人か、名前も素性もその後どうなったのかもわからないひとの話をした。アメリの両親は、訪ねてきたとき個室ごとにバスルームがついていると思い込んでいたっけ。それから共同生活の終わり。アパルトマンがガス漏れで危険になって、窓を全開にして冬の寒気のなか、ダウンジャケットと毛糸の帽子ですごしたこと。下手したら夜なかに窒息し、朝遺体で発見されていただろう。そうしたら、愛することも結婚することも、離婚することもなく、勝ちも負けもせず、それはそれで悪くなかっただろう。会話のなかから漏れ聞こえたひと言にアメリはドキッとした。ちいさな声で――「ヴァンサン・ブリュネルはどうしてる?」。別の声が答えた――「友だちが言ってたけど、奥さんと別れて、いまパリに住んでるって」「ひとりで?」「うん、ひとり」

そこで、いきなり世界がぐるぐるまわりだし、おおきな眩暈に襲われた。

席を立って携帯電話を取りだし、震える手でヴァンサンにメールで、いまなにをしているかたずね、すぐ返事が来て心臓がドキンとした——〝待ってる〟。

17

二〇一八年五月二十日、アメリがソルボンヌ広場のカフェにつくと、ヴァンサンがテラスにいた。足をとめて彼を見つめた。のびた髪が顔の両側に広がり三日分のひげをたくわえていた。ジーンズに青いシャツの若々しい姿に三十年のときをさかのぼったこのソルボンヌ広場に立つ思いがした。彼はポケットから取りだした古びた懐中時計に視線を落とし、不安げにあたりを見まわしてこちらに目をとめた。

向かいの席にすわると、黙っていた。無言で見つめられた。しばし見つめあった。ふたりの皺、白髪まじりの髪、徹夜明けみたいな疲れた目、出会ったころと同じ初々しい物腰、ながいながい旅からの帰還。

三十年まえ、ふたりは若く屈託なく、なにも気にしていなかった。出会い、愛、人生、仕事、両親、子供……。それに深夜のカフェ・デ・カピュシーヌで飲みながら、夜が明けるまでおしゃべりしたときのあの会話。

「そういうの信じる?」

「もちろん」

「大恋愛も?」

「うん。信じないの?」

わかっていなかった。度胸がなかった。受けてきた教育と自制心にとらわれて、ふたりともわからずにいた。人生は出会いや愛などそっちのけですすむこと、ままならない宿命へいやおうなしに押し流されること、分岐点は十年、二十年、三十年つづく廊下に入るドアのようなものだということも、愛していないひととだって結婚すること、人生唯一の愛を遠慮、不運、不注意からみすみす取り逃がすこと、愛するひとと子供をつくるわけではないことも、子供のために一緒に暮らしつづけ、子供のために別れることも知らなかった。

「アメリ、会えてうれしいよ。電話ありがとう……。どうしてた？」

「いろいろあってね。そっちは？　教えて……」

「離婚してからはロンドンの子供たちに会うため行ったり来たり。楽じゃない。でも子供たちに、僕に、みんなに最善と思うことをしてる」

「お子さん、いくつ？」

「ジュールが十五。でジョゼフィーヌは十歳」

沈黙が流れた。

「きみの子たちは？」

「アルテュールが十二、ポーリーヌは十歳、同じね」

「まだちいさい」

「うん、こんな境遇を強いるには幼すぎ。わたしが黙って耐えていたら、つらい思いをさせずにすんだのにって、ときどき思う」

「離婚にはガッツがいるね」

「ガッツならあった」


見つめあってほほ笑んだ。そっと手を握られ、三十年まえ彼がふれるのをためらったその手を、初めて握られるままにした。

「仕事は？」と彼女は訊いた。

「ああ……やめた。元義父と仕事してたんだ。離婚でぜんぶ失った。つまり、会社は手ばなした」

「あやまちのつけは高いね」

「うん、すごく高い」

「いまはなにしてるの？」

「音楽」

「それで食べてるの？」

「いいや。なにもかも変わった。新しいテクノロジーのおかげでなんでもプラットフォームでできる。コンサート以外にもいろいろやりたいことがあって、幸いアイディアもノウハウもある。すくなくとも無意味にあくせくしない。きみはどうなの……」

「わたし」と口をひらく。「子供に毎日会えないのがつらいし、父親そっくりな表情とか似た言動されるのもつらくて。子供が来てるときは夫がふたりいるみたいな気がするの。ほんとにばかげてるんだけど」

「それじゃ、夫を愛していなかったの？」

「たぶん愛してた。そう、ひと夏だけ。あなた、奥さんは？」

「最初の二、三年はよかった。子供が生まれてからだ。いや、そのまえかな。もしかしてはじめから愛してなかったのかも。若かったんだ、出会ったとき」

「わたしたちが出会ったときほど若くない」

「なんで待ち合わせに来なかったの？　ここに……。待ってたんだよ。もしかして、ぜんぶただの夢で、きみはいま来たところ？　それで僕は三十年、このカフェできみを待ってたのかな。いつか来てくれると思ってた」

「来たよ」

「来てくれた」と、顔がぱっと輝いた。「三十年たってから。遅刻にしてはずいぶんな遅刻だ！」

「そんなに意識してくれてた？」

「うん、気になってた。きみは？」

「そりゃ、もう……だけど、怖じけづいていた」

「そんな……、どうして言ってくれなかったの？」

「しつけられてきたのよ、自分から声をかけない、絶対リードしない、思ったことを口にしない、黙ってひとの話を聞いて引っ込んでいるようにって。あの待ち合わせは勘ちがいか言葉のはずみだと思っていた。でなきゃあなたのメガネの度が弱すぎたとか。初めて会ったあと、義理で誘われたのかな、とか」

「ひと晩中しゃべったの憶えてる？　あんなこと初めてだった。じつは浮かれてたのかも。きみに夢中で……」

握っていた手をはなし、彼女の頬にふれた。

「わたしも」

「じゃあ、なおさら、どうして遅れたの？」

「行けなかった」

「なんで？」

「ブスだったもの！」

「ブス？」

「あのころ、ほんとひどかったでしょ？　前髪とか服とか……」

「そういえば、電話したんだ。きみは出なかった。すごくきれいだったの憶えてる。いまほどじゃないけど」

「あの日、電話に出たけど遅かった。もう切れてた。だから仕度して、急いで出かけようとしたけど……」

あの日、彼女が棒にふったのは待ち合わせではなく人生だった。

「十年後に再会したとき、あなたは結婚してた」

「ソフィに出会って。運命のひとだと思ったんだ」

「愛してないってわかった。子供が生まれて真の愛を知ったって言われたとき」

「どうして?」

「つまり妻は愛してなかったってことでしょ」

「ああ、ほんとだ」とほほ笑む。「人生って変だね。味方でもないひとと子供をつくったりして。いいタイミングで出会っただけなのに。なんの接点もないのにタイミングさえよければ、出会い結ばれ子供をもつし、あらゆる面でぴったりでも、タイミングが悪ければなかなか一緒になれない……」

ようやくふたりは肩の力をぬき、三十年まえにしていたはずの会話を再開したようだった。元気? どうしてた? あなたはどんなひとなの? どう感じる? どうしたいの? はじめから、どうすべきだったの? 込み入った事情だけど話しておかなくちゃ。お互い時間はたっぷりある。いや、そんなにない。人生にボコボコにされた。ずいぶん時間を無駄にしたから、いますぐぜんぶはっきりさせなくちゃ。

もとめ認めあうまなざし――激しく惹かれあう魂。こんなにも魅了されうっとりし、ほとんど驚いてすらいた。初めて彼と会っているような気がした。こころの奥をのぞいてみた。ふれたらやけどしそうなくらい彼をもとめていた。

知りあって三十年。本心を口に出せるようになるまで三十年。結婚、離婚、喪失、子供、ときにははるかかなたへの数えきれない旅行、成功、失敗、苦悩、希望、失望、砕けちった子供のころの夢、色あせた子供時代。

なんとか彼を忘れようとしてきた。耐えがたい不在、孤独、畏れと重苦しさ。そしてハラハラしながら待っている感覚、つねに強いられていた緊張状態は、彼に会う日しかおさまってくれなかった。疎遠になっていた歳月は秘められた愛の歳月、それが今日、広場で彼に見つめられたとたん幕をおろし、三十年にわたる夢と願望が怒濤《どとう》のようにほとばしって大海となり、ふたりをへだてる壁は彼の腕にふれられるや倒壊し、今回は不注意からふれたのではなかった。このなにげないしぐさで圧倒的な幸福感がわきあがり、生まれて初めて生きていると実感した。

彼は話した。初めて会ったときひと目で恋に落ち、十年後大晦日のパーティで再会したとき、また恋に落ちたけれど、もう独身ではなかった。しょっちゅう彼女のことを考えながら、ずっと口に出せずにいた。やがて人生が押し寄せ……。そう、あやまちのつけは高い。ものすごく。好意をもたれてるなんて夢にも思わなかった。自分にチャンスがあるなんて思ってもみなかった。想像するのもはばかられた。想像って、なにを？

まだ愛することができるのか。

そして愛しあうことが。

どうして愛しあうことが不可能なの、とたずねる彼女に、不可能なのは、どこまで可能かを知ることだと彼は答えた。

間があいた。ふたりはかつてなく大胆に熱っぽい目で見つめあった。ウェイターが近づいて来た。

「お決まりですか？」

訳者あとがき

異国の街のカフェで熱っぽく見つめあう男女を「フランス人だ。愛がなにものにもまさると信じているのはフランス人くらいなもの」と冷めた目で見るのは本書の主人公のひとりであるフランス人男性。だが彼はのちに「愛なしに生きる意味があるのか」と煩悶するようになる。本書は愛をめぐる小説といえる。

フランスの作家エリエット・アベカシス（一九六九年ストラスブール生まれ）による本作の主人公は同い年の男と女。ふたりは八〇年代末のパリ、ソルボンヌ大学で出会い、カフェで語り明かし、また会う約束をするものの待ち合わせになぜか女はあらわれず、すれ違ったまま別々の人生を歩むことになる。以後、語りは時間をとびこえ、女あるいは男に寄りそい、それぞれの出会いや結婚、家庭生活を描いていく。惹かれあいながらそれと気づかず、たとえ気づいても言い出せずにいたふたりは、おりにふれて相手を思い、カフェで語らった瞬間をあざやかに思い起こし、たまに再会の機会を得つつも、三十年の月日が夢のように流れていく。

女性主人公アメリが生まれたのは一九六八年。これは学生運動に端を発し、フランスの社会・文化にも大きな変革をもたらした五月革命が起きた年だが、彼女自身は女性解放とは縁のない地方の家父長制的家庭で育った内向的な女性である。運命の人との出会いを三十代半ばまで必死にもとめ、いざ結婚しても幻滅を味わうことになる。出産や離婚など自身の体験をもとにした作品を多く発表している著者の分身のようなヒロインともとらえられる。男性主人公ヴァンサンは音楽の道を断念し、金融とコンサルタントの世界に入るまじめな男。若くして結婚し、仕事の成功でながく外国で生活するが、つねに満たされない思いをかかえている。

男女が愛をもとめ、さまよいすれ違う一方、浮標のようにつねにそこにあるのがパリだ。この小説には恋人たちを見守り、舞台を提供するパリのさまざまな表情が随所に描かれる。女はあこがれのパリで学生になったあと、フランス語教師やがて書店主として住みつづける。一方、パリ出身の男はすみずみまで知りつくしたパリに愛着はあるが遠い異国を夢見ている。彼のそんな思いはどこか恋人への倦怠《けんたい》のようにも読みとれるが、同じように、音楽や新生児が、あたかも一方的に愛をささげ奉仕する恋愛対象のように描かれるくだりもあり、恋愛における意思疎通の不可能性がほの見えるかのようだ。

コミュニケーションの手段じたいはめざましく発達する。学生時代の男女にあるのはせいぜい固定電話。ふたりは所持していた愛読書を贈りあう際、本の見返しにひそかに自分の名前と電話番号をメモし、連絡先を相手に伝える。やがて携帯電話やフェイスブックなどのSNSが登場し、男女の関係をとり結び、復活させ、逆に亀裂をはしらせるような隠し事が露見するきっかけにもなる。

とはいえ、主人公の男女のあいだでもそれぞれの夫婦関係においても、意思疎通や相互理解はじつにままならない。思い込みや遠慮、すれ違い、価値観や認識の相違の連続だ。たとえば、妻は家庭的なたちではなく料理も片づけも嫌いで家のことをかまわないと思っている夫は、妻から「あなたがなにもしないからうちのことぜんぶやってんのよ」と責められる。妻から「愛してる」と携帯メールが届けば、相手の真意について頭をひねる。

主人公のふたりは恋愛や結婚生活に幻滅し、なぜこんなことになってしまったのかと思い惑い、「時機《カイロス》とか巡り合わせのような些細《ささい》なことで人生が左右されるのに、頭でっかちのせいで大仰に「愛」などと言っているだけの話」と嘆息する。

過去から未来へ一定速度ですすむ物理的時間を意味する古ギリシア語の「クロノス」に対して、「カイロス」は時機を意味するという。前髪だけ生えた羽のある人物として表象されるカイロスは、猛スピードでやって来て過ぎていく。過ぎたあとでつかまえようとしても、うしろ髪がないため時すでに遅し。到来を察知し、すかさずつかみとらなければならない。「人生におけるあやまちの半分は行動の欠如、半分は性急さによる」と書かれるのもまた、時機をとらえられない問題をさしている。

出会った時、たとえば女は容姿に自信がなく、男は先ばしりたくないと思っていた。ふたりは「人生唯一の愛を遠慮、不運、不注意からみすみす取り逃が」しうることを知らなかった。彼らは旧弊な社会通念にとらわれ、他人に無理強いされたわけでもないのに自分自身を縛っている。演じるべき役と筋書きがすでに決められている。夫婦の役が逆転していると男が感じるのも、そんな固定観念ゆえだろう。

中年になった男は自分の感情をながいあいだ勘違いしていたことに気づき、こう考える。「いたずら者の神様か意地悪な妖精がふたりのあいだに入り込んで、僕の考えを額面どおりに実現し、残酷におしおきされているのだろうか?」

彼は魂がもとめていることに無自覚なまま、神や妖精のような者の掌《てのひら》でもてあそばれていたかのようだ。考えてみればこの小説では時おり、人智を超えた存在の巨視的視点から場面がとらえられていた。「鉄の貴婦人」の異名をもつエッフェル塔は自分の足もとで落ちあう恋人たちに驚き、「時間」はセーヌ河岸でこころをとけあわす恋人たちに敬意を表してそっとしておき、「地球」は式直後の新婚カップルの目をふさぎ、たそがれの光のなかに残してまわりつづけていた。

本作にただよう浮遊感のようなものは、幸福に舞い上がっていても、所詮ちっぽけな存在として恋人たちをとらえる、はるか上空からのまなざしによってもたらされているのかもしれない。

八〇年代に、人生とはなにか、と問われた女子学生アメリの返答は予言めいている。「誰も気づかないうちにすべてが変化していく。いつの間にかまわりを取りかこまれ圧倒されて従うほかない。そして、打つべき手はあまりない」。そうだとしても、本書のふたりはとりもなおさず自分の願望、魂のもとめるものを立ちどまって見つめ、模索し、時間はかかっても徐々に鎖からほどかれていく。

二〇二一年三月

訳者略歴　翻訳家　一橋大学大学院言語社会研究科博士課程中退　訳書『三つ編み』『彼女たちの部屋』レティシア・コロンバニ（ともに早川書房刊），『内なるゲットー』サンティアゴ・H・アミゴレナ，『マドモアゼルSの恋文』ジャン＝イヴ・ベルトー編，『アラブの春は終わらない』タハール・ベン＝ジェルーン，他

30年目《ねんめ》の待《ま》ち合《あ》わせ

2021年4月10日　初版印刷
2021年4月15日　初版発行

著者　エリエット・アベカシス

訳者　齋藤可津子《さいとうかつこ》

発行者　早川　浩

発行所　株式会社早川書房
東京都千代田区神田多町2－2
電話　03－3252－3111
振替　00160－3－47799
https://www.hayakawa-online.co.jp

印刷所　株式会社精興社

製本所　大口製本印刷株式会社

Printed and bound in Japan

ISBN978-4-15-210012-2 C0097